Die drei !!!

Die drei !!!

GANOVEN, GOUDA und ganz viel AMSTERDAM

Jule Ambach

KOSMOS

Umschlaggestaltung von Franziska Misselwitz unter Verwendung von Figuren von Ina Biber, Gilching
Innenillustrationen: Franziska Misselwitz

Cover (Mauerelement) Ozornina Kseniia/shutterstock; Cover, S. 7, 19, 37, 49, 57, 67, 79, 87, 99, 111, 123, 135 (Mauer) Mehaniq/shutterstock; Cover, S. 7, 19, 37, 49, 57, 67, 79, 87, 99, 111, 123, 135 (Stadtplan) tunasalmon/shutterstock; S. 9, 23, 40, 59, 70, 97, 114, 143 (Blumenkranz, FunFacts) Veronika M/shutterstock; S. 21, 33, 56, 77, 104, 107, 132 (Blumenkranz2, FunFacts) Veronika M/shutterstock; S. 16, 32, 39, 43, 53, 55, 83, 101, 115 (Mauer) Ivan Popovych/shutterstock; (Skyline) SH-Vector/shutterstock; S. 7, 39, 37, 87, 111 (Rijksmuseum) SH-Vector/shutterstock; S. 7, 37, 16, 57, 123 (Paleis op de Dam) SH-Vector/shutterstock; S. 49, 53, 67, 99, 123 (Grachtenboot) astudio/shutterstock; Cover, S. 37, 43, 67, 87, 111, 135 (Grachtenhäuser) Solomatina/shutterstock; Cover, S. 7, 19, 49, 55, 57, 67, 79, 111, 115, 135 (Mühle, Königspalast, Magere Brug) Christina Romero Palma/shutterstock; S. 19, 32, 87 (Buch) MaDeDee/shutterstock; S. 57, 79, 99, 101, 135 (Pavillon) Artem Efimov/shutterstock; S. 19, 49, 79, 83, 99, 123 (Skyline) Greens87/shutterstock; S. 149 (Kapitelüberschriften) liusimus/shutterstock; Cover (Stadtplan) ad_hominem/shutterstock; S. 149-156 (Wellen) Artem Stepanov/shutterstock; S. 149-156 (Silhouette) Greens87/shutterstock; S. 150, 152 (Sightseeingtipps) MSSA/shutterstock; S. 150 Cover (Markusplatz) Yoko Design/shutterstock; S. 152 (Dogenpalast) Karine1909/shutterstock.

Stadtplan: KOSMOS Kartografie, Stuttgart

Unser gesamtes lieferbares Programm und
viele weitere Informationen zu unseren Büchern,
Spielen, Experimentierkästen, Autoren
und Aktivitäten findest du unter **kosmos.de**

Weitere Bände dieser Reihe siehe S. 160

FSC www.fsc.org MIX Papier aus verantwortungsvollen Quellen FSC® C014138

Gedruckt auf chlorfrei gebleichtem Papier

ISBN 978-3-440-17151-6
Redaktion: Lea Hille
Layout: Franziska Misselwitz
Satz: Walter Typografie & Grafik GmbH
Produktion: Verena Schmynec
Druck und Bindung: Finidr, s.r.o., Český Těšín
Printed in Czech Republic / Imprimé en République tchèque

Ganoven, Gouda und ganz viel Amsterdam

Kapitel 1

»Habt es schön hier!«

FRAU AUF DER BRÜCKE

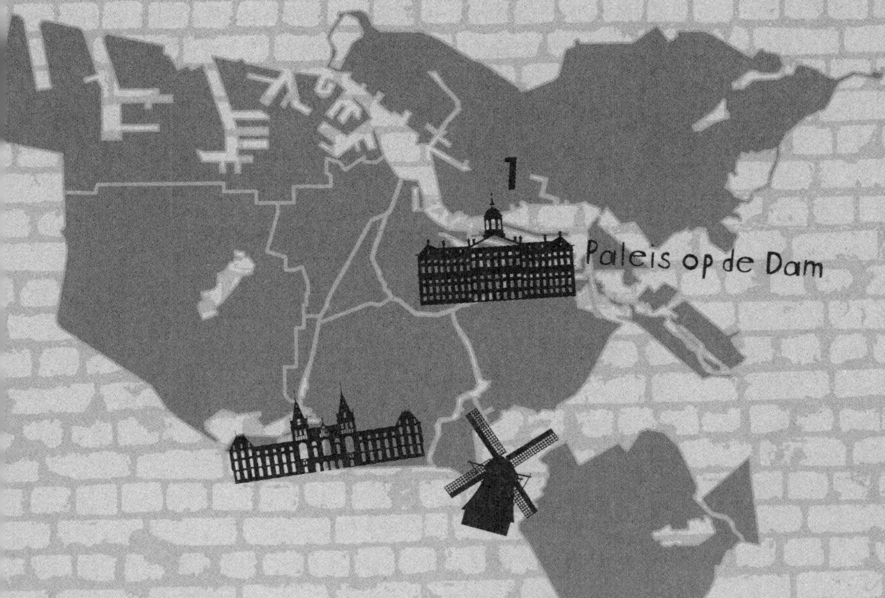

Welkom in Amsterdam!

»Marie, du hast deinen Kosmetikkoffer stehen lassen!« Franzi warf ihrer Freundin den eisblauen Kosmetikkoffer zu. »Hat der nicht mehr in deinen Schrankkoffer gepasst?« Grinsend deutete Franzi auf Maries monströsen Koffer.

Marie holte Luft, doch ihre Antwort wurde von der Lautsprecherdurchsage an Gleis 3 verschluckt: »*Hartelijk welkom in Amsterdam Centraal!*«

»Franzi, jetzt mach doch mal die Tür frei, nicht, dass der Zug Oma Agnes und mich wieder mit nach Hause nimmt!«, rief Kim von hinten. Franzi sprang aus der offenen Zugtür und nahm die Koffer ihrer Freundin und von Maries Oma Agnes entgegen. Nun konnten die beiden auch aussteigen.

»Wow!«, entfuhr es Kim. Sie deutete nach oben. Über den Gleisen spannte sich eine gläserne Kuppel, die von schwarzen Säulen gestützt wurde.

»Warte mal ab, bis wir in der Bahnhofhalle sind!«, kündigte Oma Agnes an. Sie hatte ihre Reisetasche in der Hand und warf einen Blick auf ihre Armbanduhr.

»Dann kommt, Hetty wartet schon auf uns.« Mit großen Schritten lief Oma Agnes los. Kim, Franzi und Marie rafften eilig ihr Gepäck zusammen und folgten Oma Agnes.

»Wann hast du Hetty zum letzten Mal gesehen?«, fragte Franzi, als sie Agnes eingeholt hatten.

Fun Fact

Der Amsterdamer Hauptbahnhof wurde auf drei künstlich angelegten Inseln gebaut. Er steht auf 9.000 Holzpfählen, die in den sandigen, nassen Untergrund gerammt werden mussten.

»Vor sieben Jahren, da hat sie uns allerdings in Deutschland besucht. Mein letzter Besuch in Amsterdam ist mindestens 15 Jahre her.« Kim, Franzi und Marie begleiteten Maries Stief-Oma Agnes, die für ein langes Wochenende ihre Brieffreundin Hetty in Amsterdam besuchte. Nicht nur der eilige Schritt von Oma Agnes machte es den drei Freundinnen schwer, ihr zu folgen. So viele Menschen strömten von den Gleisen in die Bahnhofsvorhalle oder beeilten sich, rechtzeitig zum Zug zu kommen. Sie standen nun am oberen Ende einer breiten Treppe.

»Das sieht ja aus wie eine Filmkulisse!«, rief Marie. Staunend blickten die drei Freundinnen in die Halle aus rotem Backstein. Rundbögen umfassten hohe Fenster, durch die die Frühsommersonne hereinstrahlte. Sie wurden von Menschen umspült, überall wuselte es, unverständliche Durchsagen erklangen und um sie herum waren alle möglichen Sprachen zu hören. Unten am Ende der breiten Treppe hatte sich Oma Agnes umgedreht und winkte hinauf.

»Oh, kommt!«, rief Marie und die drei stürzten sich ins Getümmel. Mitten auf der Treppe blieb Marie plötzlich stehen.

»Was ist denn?«, fragte Kim, die sich zu ihrer Freundin umgedreht hatte. Marie war ganz blass geworden und kramte hektisch in den Taschen ihres Rocks und ihrer Jacke.

»Ich glaube, ich habe mein Portemonnaie im Zug liegen lassen«, erklärte sie angespannt. Sie setzte ihren Rucksack ab und öffnete den Reißverschluss. Franzi nahm ihr den Rucksack aus der Hand.

»Komm, lass uns erst mal von der Treppe runter. Da unten können wir in Ruhe nachschauen.« Am Fuß der Treppe kramte Marie in ihrem Rucksack.

»Hier ist es nicht!«, sagte sie panisch. Kim und Franzi schauten auch noch mal nach. »Und in deinem Koffer ist es sicher nicht?«, fragte Kim ruhig. Marie schüttelte den Kopf. Tränen glitzerten in ihren Augen.

»Vielleicht steht der Zug noch am Gleis«, sagte Franzi. Marie nickte, wischte sich mit dem Handrücken über die Augen und rannte die Treppe wieder hinauf. Kim und Franzi hockten sich hin und schauten noch mal in Maries Rucksack und in den Außentaschen ihres Koffers nach. Das Portemonnaie war wirklich nicht da.

»Hoffentlich steht der Zug noch da«, meinte Kim. »Sonst startet unser langes Wochenende in

Amsterdam für Marie wirklich blöd.« Franzi nickte, stand auf und streckte sich ausgiebig. Plötzlich hielt sie inne. »Kim!«, sagte sie. »Wo ist denn Oma Agnes?!«
Kim spürte, wie ihr das Herz in die Hose rutschte. Sie sprang auf und blickte sich hektisch um. »Wir haben sie verloren«, sagte sie. »Mist, sie wollte uns doch noch ihre Handynummer für Notfälle geben.«

»Marie ist bestimmt gleich zurück, dann können wir Oma Agnes anrufen«, schlug Franzi vor. Trotz dieses vernünftigen Vorschlags war Kim ganz schön mulmig zumute. So hatte sie sich die Ankunft nicht vorgestellt. Dann entdeckten sie Marie am Kopf der großen Treppe. Glücklich schwenkte sie ihr Portemonnaie über dem Kopf. Sie hüpfte die Treppe herunter und musste, bei Franzi und Kim angekommen, erst mal wieder zu Atem kommen. Sie stützte sich auf ihre Knie und keuchte: »Stellt euch vor …«, doch Kim unterbrach sie: »Marie, wir haben Oma Agnes verloren!«
Mit einem Ruck hatte sich Marie wieder aufgerichtet und schaute sich suchend um. Dann holte sie ihr Smartphone aus ihrer Rocktasche. Sie tippte und hielt es sich ans Ohr.

»Sie geht nicht dran«, murmelte Marie und sagte an ihre Freundinnen gewandt: »Vielleicht wartet sie vor dem Bahnhof auf uns.«
Die drei schulterten ihre Rucksäcke und gingen, ihre Koffer hinter sich herziehend, durch die große Vorhalle des Bahnhofs. Vor dem imposanten Gebäude erstreckte sich ein Platz. Doch auch hier war Oma Agnes nirgendwo zu sehen. Marie versuchte es noch mal. Kim konnte hören, dass Oma Agnes dieses Mal das Telefongespräch annahm.
»Kinder, wo seid ihr denn?«, rief sie so laut, dass Marie ihr Smartphone ein paar Zentimeter von ihrem Ohr wegstreckte. »Oma, die Frage ist, wo *du* bist!«, sagte Marie besorgt. Dann drückte sie das Smartphone wieder fester an ihr Ohr. Sie lauschte, »Hmhm«, dann lachte sie und legte nach einem »Alles, klar! Danke, Hetty, bis gleich!« auf.
»Hä, warum Hetty?«, fragte Franzi.
Marie grinste. »Oma Agnes war etwas aufgelöst, weil sie uns verloren hat. Sie dachte, wir seien vor lauter Aufregung vorgelaufen, und dann war sie *schwupps* schon bei Hetty angekommen. Ihr Haus liegt nur einen knappen Kilometer von hier entfernt. Na ja, und weil Oma sich so aufgeregt hat, hat Hetty ihr das Handy aus der Hand genommen und

mir den Weg erklärt.« Kim und Franzi kicherten. »Die arme Oma Agnes!«

Marie nickte. »Sie bekommt jetzt schon mal einen Kaffee und wir sind ja auch gleich da. Wir müssen nur geradeaus gehen und am *Dam* rechts abbiegen. Was auch immer das ist, aber Hetty sagte, das können wir nicht verfehlen. Dann geht es noch ein Stück geradeaus und noch mal rechts, dann sind wir in der Bloemenstraat!« Marie tippte mit dem Zeigefinger auf den Stadtplan, den Kim auf ihrem Smartphone aufgerufen hatte.

»Dann mal los!«, rief Franzi vergnügt. Sie ließen das imposante Bahnhofsgebäude hinter sich. Der Vorplatz des Bahnhofs war komplett von Wasser umgeben, nur eine schmale Brücke führte darüber.

»Guckt mal, worauf warten die Leute da bloß?«, fragte Franzi. Sie nickte in Richtung einer Menschentraube, die vor der Brücke am Wasser stand und offenbar wartete. Kim und Marie schauten neugierig hinüber. Kim hatte ein Schild entdeckt.

»*Canal Bus*«, las sie vor.

»Die Leute warten auf den Bus?«, fragte Franzi verwundert. In diesem Moment näherte sich ein flaches, schmales Schiff mit Glasverdeck und legte an. Einige Leute stiegen aus und die Wartenden schließlich ein.

»Das ist ja cool!«, fand Marie. »Stellt euch vor, mit so einem Bus jeden Tag zur Schule zu fahren!«
»Wir müssen auch unbedingt mit dem *Canal Bus* fahren«, sagte Kim. »Absolut!«, antwortete Franzi. »Das kommt auf die Liste.«
Sie überquerten die schmale Brücke, die vom Bahnhof in die Stadt führte.
»Wahrscheinlich müssen wir uns nur mit den anderen Leuten treiben lassen«, sagte Franzi. Um sie herum waren viele Leute auf dem Weg ins Zentrum von Amsterdam. Leute mit Reiserucksäcken und Koffern wie sie, Tagestouristen mit Sonnenhüten, Kameras um den Hals und Stadtplänen oder dem Smartphone in der Hand. Kichernd deutete Marie auf eine Gruppe Leute, die alle weiße Käppis trugen und von einer Frau angeführt wurden, die einen Regenschirm nach oben reckte. Leute mit Fahrrädern manövrierten sich klingelnd zwischen den Menschen durch.
Rechts von ihnen tat sich nun ein großer Platz auf, der von beeindruckenden Gebäuden gesäumt war.
»Wow, was ist das denn?«, staunte Franzi.
»Und guck mal, die schmalen, süßen Häuser!«, rief Marie.
Kim vergrößerte den Ausschnitt auf dem Stadtplan. »Das ist der *Dam*«, erklärte sie und deutete

1. Paleis op de Dam

Der Paleis op de Dam ist der königliche Palast. Er wird zu Repräsentationszwecken benutzt, zum Beispiel bei Staatsbesuchen. Jedoch wohnt König Willem mit seiner Familie nicht hier, sondern in Den Haag. Den Paleis op de Dam kann man besichtigen.

auf verschiedene Gebäude. »Der Königspalast, die Neue Kirche, die Börse. Und hier müssen wir rechts abbiegen.«
Die drei überquerten den wimmelnden Platz. Die Straßenbahn fuhr bimmelnd vorbei, Touristengruppen, Amsterdamer und Fahrräder wuselten durcheinander. Zwischen dem königlichen Palast und dem Wachsfigurenkabinett *Madame Tussaud's* schlüpften sie durch eine schmale Gasse.
»Uff, hier ist es schon ruhiger«, seufzte Kim, die Enge und zu dichtes Gedränge nicht sehr mochte.

Sie überquerten eine Brücke, die einen Kanal überspannte. An den schmiedeeisernen Geländern hingen Blumenkästen, in denen knallrote Geranien blühten. Fahrräder in allen möglichen Farben waren am Brückengeländer angeschlossen.
»Macht ihr ein Foto von mir?«, bat Marie. Bevor jemand antworten konnte, hatte sie ihren Koffer abgestellt und ihren Rucksack abgesetzt, wuschelte sich durch ihr blondes Haar, lehnte sich an das Geländer und lächelte. Grinsend machte Kim Fotos von ihrer Freundin.
Dann rief Marie »Warte!« Sie warf ihre Haare nach vorne, drehte sie zu einem Dutt und machte ihn mit einem Haargummi fest. Dann stellte sie sich neben eines der Fahrräder. »Okay, bereit«, sagte sie dann zu der verdutzten Kim.
Hinter ihr fragte jemand: »*Zal ik een foto nemen van jullie?*« Kim drehte sich um. Eine junge Frau lächelte sie an.
»Öh, was, wie bitte?«, stammelte Kim überrascht.
»Oh.« Die Frau lachte. »Soll ich ein Foto von euch zusammen machen?«, sagte sie mit leichtem Akzent.
Kim wurde rot. »Ja, gerne!« Sie gab der Frau ihr Smartphone und Kim und Franzi nahmen Marie in ihre Mitte und legten die Arme um ihre Schultern.

Die Frau machte ein paar Bilder, dann gab sie Kim das Handy wieder. »Habt es schön hier! *Doei!*«
Die drei beugten sich über das Display und schauten sich die Fotos an. »Wirklich schön geworden«, fand Franzi. »Ich habe die allerbesten und fotogensten Freundinnen!«, sagte Marie.
»Wir sind aber auch in echt schön und nicht nur auf Fotos!«, antwortete Franzi gespielt entrüstet.
»Leute, ich störe euch nur ungern bei eurer wichtigen Diskussion«, sagte Kim, »aber wir sollten uns jetzt langsam mal auf den Weg in die Bloemenstraat machen.«

Kapitel 2

»Man kann Amsterdam am besten auf dem *fiets* kennenlernen.«

LIES

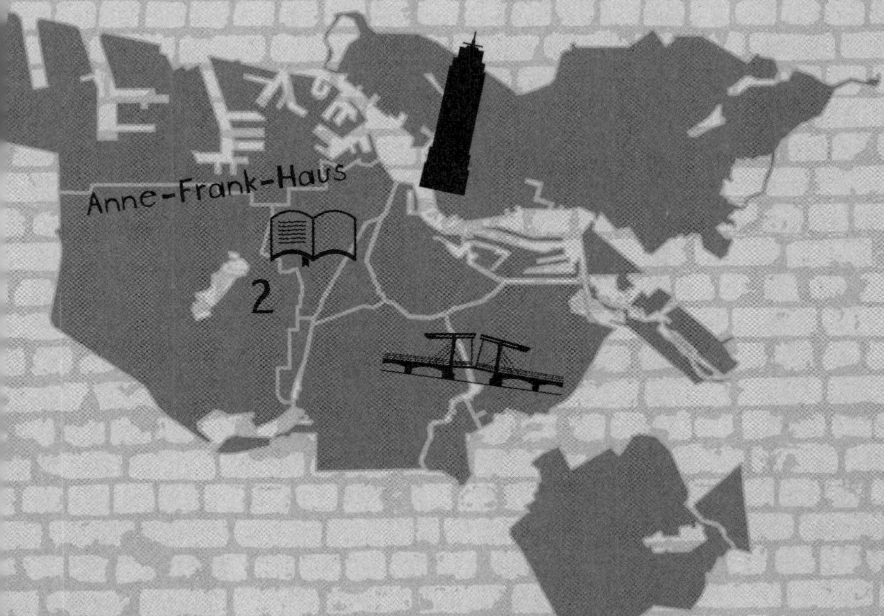

In der Bloemenstraat

»Hier ist es, Haus Nummer 8.« Kim, Franzi und Marie standen vor einem schmalen roten Haus mit vielen Fenstern in weißen Fensterrahmen. »Ist das süß«, seufzte Marie.

»Total!« Kim und Franzi nickten.

»Und direkt am Wasser. Wie toll ist das denn?«, rief Franzi begeistert. Vor dem Haus verliefen nur ein schmaler Bürgersteig und eine Einbahnstraße. Davor floss der Kanal gemächlich vorbei, in dem sich der blaue Himmel und ein paar Wolken spiegelten.

»Lasst uns reingehen, Oma und Hetty warten bestimmt schon«, schlug Marie vor.

Sie drückte auf die einzige Klingel mit der Aufschrift H. van Leeuwen. Kurze Zeit später surrte es und Marie drückte die Tür auf.

»Da seid ihr ja!« Oma Agnes schloss Marie in die Arme und dann auch die verdatterten Franzi und Kim.

»Es tut mir so leid und ich habe mir solche Sorgen gemacht!«, rief sie.

»Aber das musstest du gar nicht. Wir haben doch ganz prima hergefunden«, versicherte ihr Kim, als sie die beiden wieder losließ. Franzi und Marie nickten eifrig.

Fun Fact

In den Niederlanden begrüßt man sich nicht mit einer Umarmung, sondern mit drei in die Luft gehauchten Küssen neben die Wangen. Man beginnt links, dann rechts, dann wieder links. Die Begrüßung per Handschlag ist äußerst selten, eher klopft man sich gegenseitig auf die Schulter oder reibt den Arm des Gegenübers ein paar Mal sanft.

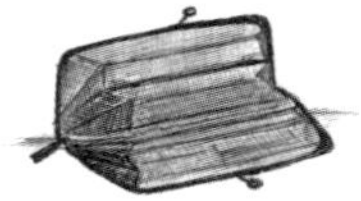

Hinter Oma Agnes war eine große Frau mit grauen, schulterlangen Haaren aufgetaucht. Sie lächelte und fragte: »Habt ihr den Weg gut gefunden? Hallo, ich bin Hetty!«
Sie ging zuerst auf Marie zu und hauchte drei schnelle Küsse in die Luft neben Maries Wangen. Auch Kim und Franzi wurden so begrüßt.
»Tolles Kleid!«, entfuhr es Marie. Kim hatte auch über das grüne, lange Kleid mit den großen bunten Blumen gestaunt.
»Danke«, sagte Hetty. »Ich habe schon gehört, dass du dich für Mode interessierst. Dann wirst du Amsterdam noch mehr lieben! Es gibt hier ganz viele tolle kleine Boutiquen!«
Kim und Franzi warfen sich einen verstohlenen Blick zu.
»Die wir hoffentlich nicht alle von innen sehen werden«, murmelte Franzi. Die beiden kicherten.
»Ich habe das gehört, Franzi!« Gespielt ernst drehte Marie sich um und knuffte ihre Freundin in die Seite. Kim hatte sich währenddessen umgesehen. Der Flur war mit wunderschönen Fliesen ausgelegt, eine schmale Holztreppe führte nach oben. Links ging eine Tür ab, die offenbar ins Wohnzimmer führte.

Fun Fact

Holland oder Niederlande?
Holland ist nur eine Provinz, so etwas wie ein Bundesland, in den Niederlanden. Wenn man also »Holland« zu den Niederlanden sagt, ist das so, als würde man zu Deutschland »Bayern« sagen. Darum sind »die Niederlande« und »niederländisch« richtig und diese Bezeichnung ist auch den Niederländern am liebsten.

»Wieso sind diese Häuser so schmal?«, platzte es aus ihr heraus.
Hetty lachte. »In Amsterdam war schon immer wenig Platz. Und außerdem musste man, als diese Häuser gebaut wurden, Steuern zahlen, die sich an der Breite der Häuser bemaßen. Darum hat man die Häuser hoch und nach hinten raus gebaut. Aber jetzt kommt erst mal rein.« Hetty schob ihren Besuch ins Wohnzimmer.
»Möchtet ihr einen *koffie verkeerd* oder doch lieber Kakao?«, fragte sie, während sich Kim, Franzi, Marie und Oma Agnes auf der Couch und in zwei Sessel verteilten.

»Was ist denn *koffie verkeerd*?«, fragte Marie mit hochgezogenen Augenbrauen.

»So sagt man bei uns zu Milchkaffee«, schmunzelte Hetty.

Die drei Mädchen wollten lieber einen Kakao. Hetty kam zurück, stellte einen Teller mit Keksen auf den Tisch und verteilte die Getränke. Kim bemerkte, dass sie hungrig war. Der Proviant aus dem Zug war längst verdaut. Sie nahm sich einen der Kekse und biss hinein.

»Mmmmh, die sind ja lecker!«

Auch Marie und Franzi schnappten sich einen Keks.

»Das sind *stroopwafels*«, erklärte Hetty.

»Zwischen den beiden Keksen ist eine Schicht aus Karamell.« Kim schob sich den Rest des süßlich-würzigen Kekses in den Mund.

»Wie habt ihr euch eigentlich kennengelernt?«, wollte Franzi wissen. Oma Agnes nahm einen großen Schluck von ihrem *koffie verkeerd*.

»Wir haben beide Fußball gespielt und unsere Mannschaften haben regelmäßig einen Austausch miteinander gemacht, bei dem sich die Fußballerinnen gegenseitig besucht haben oder gemeinsam ins Trainingslager gefahren sind.«

Marie staunte mit offenem Mund. »Oma, du hast

Fußball gespielt?! Das wusste ich ja gar nicht!«
Oma Agnes und Hetty lachten vergnügt.
»Da waren wir auch noch jung und fit«, erklärte Oma Agnes schmunzelnd. »Jedenfalls haben wir uns damals angefreundet. Der Kontakt zu den anderen Frauen ist irgendwann eingeschlafen, aber Hetty und ich sind jetzt seit über 50 Jahren befreundet.«
»Wahnsinn!«, sagte Franzi. Hetty stand auf.
»Ich muss noch irgendwo ein altes Fotoalbum haben …«, sagte sie. Sie fand nach kurzer Suche ein blaues, in Leinen eingebundenes Album. Hetty und Oma Agnes ließen sich auf das Sofa nieder und Kim, Franzi und Marie setzten und stellten sich neben und hinter sie.
Staunend betrachteten sie die Fotos der jungen Frauen in Fußballtrikots, beim Wandern und als Besucher im Fußballstadion.
»Hier waren wir bei einem Spiel von *Ajax Amsterdam* gegen den *TSV Eindhoven*, weißt du noch?«, fragte Hetty strahlend. Oma Agnes nickte begeistert.
»Das war ein lustiger Tag, danach waren wir doch noch in dieser Kneipe …« Die beiden lachten und zwinkerten sich zu. Hetty wischte sich eine Lachträne aus den Augen.

»Mädchen, ihr langweilt euch doch bestimmt bei den Geschichten von uns zwei alten Schachteln.«
Kim, Franzi und Marie verneinten vehement, aber Hetty hatte das Fotoalbum zugeschlagen. »Ich zeige euch dreien mal, wo ihr übernachtet.«
»Schlafen wir nicht hier?«, fragte Kim verblüfft.
»Nein, ich habe leider nicht so viele Gästebetten. Aber ihr werdet begeistert sein.«
Gespannt nahmen die drei ihre Koffer und Rucksäcke und folgten Hetty nach draußen. »Nebenan ist die schönste Pension Amsterdams, ihr Glücklichen. Hier werdet ihr während der nächsten Tage schlafen.«
Neben Hettys Haus war ein ebenso schmales Gebäude, das dunkelgrün gestrichen war. Davor standen ein paar Stühle und Tische, darüber war eine gelb-weiß gestreifte Markise aufgespannt. Töpfe mit Blumen standen überall verteilt. Hetty deutete auf das Schild über der Tür.
»*Het Bloemetje*«, las sie vor. »Ihr werdet gleich sehen, warum.«
Hetty öffnete die Tür und ein fröhliches Bimmeln zahlreicher Glöckchen war zu hören.
»Oh, wie schön!«, rief Kim, die hinter Hetty die Pension betrat. Marie und Franzi drängelten sich

neugierig hinterher. Der Empfangsbereich war mit einer wunderschönen Blumentapete verkleidet und überall standen und hingen Topfpflanzen.

»Wie im Dschungel«, fand Franzi.

»Hallo!« Aus einer Tür kam eine große Frau, die eine auffällige rot gerahmte Brille und dazu passenden Lippenstift trug.

»Hallo, Griet«, grüßte Hetty und sprach kurz Niederländisch mit ihr. Dann wandte sich Griet an die drei Mädchen. »Ihr seid für die nächsten Tage meine Gästinnen? Da freue ich mich aber! Ihr habt das Zimmer *Viooltjes*. Meine Tochter kann euch hochbringen.«

Hinter Griet lugte ein Mädchen durch die Tür. Wie ihre Mutter trug sie eine große, auffällige Brille und ihre dunklen Locken umrahmten ihr Gesicht.

»Hi«, sagte sie breit lächelnd und schob sich hinter ihrer Mutter nach vorn. »Ich bin Lies.«

Kim, Franzi und Marie stellten sich vor. Lies musste etwa in ihrem Alter sein.

»Warum kannst du denn so gut Deutsch?«, fragte Kim verblüfft.

»Das lerne ich in der Schule seit der ersten Klasse«, antwortete Lies.

»Was hältst du denn davon, wenn du den dreien

gleich noch ein bisschen die Stadt zeigst?«, fragte Hetty Lies. Die nickte begeistert.
»Oh ja, das machen wir! Am besten leihen wir *fietsen* bei Frans«, sprudelte sie los. Franzi, Kim und Marie sahen sie verständnislos an. »Egal, das seht ihr gleich«, winkte Lies lachend ab.
»Kommt erst mal mit rauf, ich zeige euch euer Zimmer!«
Kim, Franzi und Marie folgten Lies die schmale Treppe hinauf bis vor eine Tür mit der verschnörkelten Aufschrift *Viooltjes*. Lies öffnete die Tür und rief: »Hereinspaziert!«
»Woooow«, machten Kim und Marie. Franzi bleib wie angewurzelt in der Tür stehen. »Ich glaube, ich werde blind.«
»Ach, Franzi! Komm schon«, lachte Marie und ließ sich auf eines der Betten fallen. Kim schaute sich staunend um.
»Dann heißt *viooltjes* also …«
»Stiefelkindchen. Oder wie heißt das bei euch?«, sagte Lies ernst. Kim, Franzi und Marie prusteten los.
»Entschuldige«, gluckste Marie. »Stiefmütterchen heißen die Blumen auf Deutsch.« Nun musste auch Lies lachen. Die Wände des Zimmers waren mit einer dunkelgrünen Tapete verkleidet, auf denen

violett-gelbe Stiefmütterchen aufgedruckt waren. Dazu passten auch die Bettwäsche und ein Sessel, der in einer Ecke des Zimmers stand. Die Vorhänge und die Handtücher waren im selben Violett wie die Stiefmütterchen auf der Tapete.

Franzi öffnete das Fenster und schaute hinaus. »Ich kann mich doch mit dem Zimmer anfreunden!«, rief sie. Kim lugte über Franzis Schulter. Von hier hatten sie einen tollen Blick auf den Kanal und das bunte Treiben draußen.

»Das schauen wir uns gleich alles aus der Nähe an«, sagte Lies fröhlich. »Kommt doch einfach so in 20 Minuten runter, dann können wir los«, schlug sie vor.

25 Minuten später kamen die drei die Treppe herunter. »Marie musste sich noch drei Mal umziehen«, erklärte Franzi und verdrehte die Augen.

»Nicht schlimm«, meinte Lies. »Jetzt braucht ihr erst mal ein *fiets*. Das gibt es nebenan.«

Kim war gespannt, was das sein konnte. Vielleicht ein spezielles Gebäck, das sie als Proviant mitnehmen würden. Lies ging vor. Zwischen der Pension und Hettys Haus war eine Einfahrt, die in einen Hinterhof führte. Dort war ein großes Transparent mit der Aufschrift *Frans Fietsen* gespannt.

»Hallo, Frans«, rief Lies.
Ein junger Mann schaute aus einer Tür heraus. Er lüftete seine Schiebermütze und antwortete: »*Goede dag, mijn dames!*«
Kim fielen nun die ganzen Fahrräder auf, die im Hof standen. Sie schlug sich mit der flachen Hand gegen die Stirn. »*Fietsen* sind Fahrräder!«
»Genau!«, sagte Lies. »Man kann Amsterdam am besten auf dem *fiets* kennenlernen.«
»Und am allerbesten mit einem echten Hollandrad von Frans«, fügte Frans lächelnd hinzu.
Lies erklärte den dreien, dass Frans alte Hollandräder reparierte und verkaufte oder verlieh.
»Sucht euch eins aus«, sagte Frans und wies mit ausladender Geste auf die Fahrräder. Marie entschied sich für ein leuchtend rotes, Franzi für eines mit dunkelgrünem Rahmen und Kim für eines in einem strahlenden Hellblau. Lies holte ihr Rad aus dem Schuppen, es hatte ein türkisfarbenes Leopardenmuster.
»Superstark!«, fand Franzi und auch Kim und Marie waren begeistert. Lies lachte. »So kann ich es nicht übersehen, wenn es neben hundert anderen Fahrrädern vor der Schule steht.«
Sie verabschiedeten sich von Frans und schoben ihre Räder auf den Bürgersteig.

»Frans ist aber nett!«, sagte Franzi. »Ja, total«, nickte Lies. »Zwar steigt niemand durch, in was für Geschäfte er alles verwickelt ist, aber wir sind froh, ihn als Nachbarn zu haben.«

»Was meinst du mit *Geschäfte*?«, fragte Kim.

Lies machte eine vage Handbewegung. »Nichts Schlimmes. Frans handelt mit total vielen, unterschiedlichen Sachen. Und wenn du etwas brauchst: Er kann es dir auf jeden Fall besorgen, egal, wie ungewöhnlich es ist.«

Marie lachte. »Gut zu wissen. Vielleicht will ich doch ein leopardengemustertes Fahrrad mit nach Hause nehmen!«

»Auf der Gepäckablage im Zug?«, fragte Franzi.

»Höhö«, machte Marie.

»Ich würde sagen, ich zeige euch erst mal die schönsten Straßen von Amsterdam, die *9 stratjes*«, erklärte Lies. Sie radelten durch schmale Gassen, immer am Wasser entlang. Wenn Fußgänger im Weg waren, klingelte Lies einfach so lange mit ihrer Fahrradklingel, bis sie beiseitegingen oder manchmal auch sprangen.

Kim konnte gar nicht so schnell gucken, denn ein Haus war schöner als das andere, dazu das Wasser, die Boote und all die Leute. Auch Marie und

Franzi hinter ihr riefen öfter: »Oh, schau mal!« oder »Wie süß!«
»Was ist denn da los?«, wunderte sich Kim und deutete auf die gegenüberliegende Seite der Prinsengracht. Dort stand eine lange Schlange Menschen vor einem Haus mit vielen Fenstern an. Lies bremste, Kim, Franzi und Marie taten es ihr nach.
»Das ist das Anne Frank Huis«, erklärte Lies.
»Und das Hinterhaus kann man besichtigen?«, fragte Kim. Sie hatte das Tagebuch von Anne Frank gelesen und fand ihre Geschichte sehr bewegend.

2. Anne-Frank-Haus

Im Hinterhaus dieses Gebäudes in der Prinsengracht haben sich Anne Frank, ihre Familie und eine weitere jüdische Familie während des Zweiten Weltkriegs vor den Nationalsozialisten versteckt.

»Ja, kann man«, sagte Lies. »Allerdings sollte man vorher Eintrittskarten online kaufen. Sonst kann es sein, dass man stundenlang anstehen muss.«

Fun Fact

Die Grachten Amsterdams sind insgesamt 75 Kilometer lang.

Kim wandte sich an Franzi und Marie. »Vielleicht haben wir ja Zeit, es uns anzuschauen.«

Sie radelten weiter. Lies schlug vor, dass sie morgen eine Grachtenfahrt zusammen machen könnten, falls Hetty und Oma Agnes keine anderen Pläne mit ihnen hatten.

»Sind Grachten diese Kanäle?«, fragte Franzi.

Lies lachte. »Das hätte ich euch schon längst mal sagen können. Ja, diese Kanäle sind die Grachten.«

Kim, Franzi und Marie versprachen, die Pläne für den morgigen Tag am Abend direkt in Erfahrung zu bringen. Dann rief Lies über ihre Schulter: »Habt ihr eigentlich Hunger?«

Kim lauschte in sich und bemerkte, dass ihr Magen etwas grummelte.

»Ich könnte auf jeden Fall etwas vertragen!«, rief da schon Marie. Auch Franzi stimmte ihr zu.

Lies nickte. »Wenn ihr noch zehn Minuten durchhaltet, dann weiß ich etwas Tolles, wo wir essen können.«
Sie hielten vor einem roten Backsteingebäude. Es erinnerte Kim ein bisschen an eine Fabrik. Hier sollte es etwas zu essen geben? Aber vor dem Gebäude standen mehrere Fahrräder angeschlossen und es strömten unaufhörlich Leute rein und raus.
»Das sind die *Foodhallen*«, erzählte Lies. »Darin sind ungefähr 20 Streetfood-Stände. Es gibt dort Burger, Sushi, Falafel und alles, was ihr euch vorstellen könnt.« Kim lief das Wasser im Mund zusammen, während sie ihr Fahrrad abschloss.
»Und ganz wichtig: Es gibt dort auch zwei Stände mit *Bitterballen* oder *Kroketten*, typisch niederländisches Streetfood. Die müsst ihr unbedingt probieren.«
»Was ist denn das?«, wollte Marie wissen, während sie sich mit dem sperrigen Fahrradschloss abmühte. Sie versuchte, es um ihr Hollandrad und einen schmiedeeisernen Zaunpfahl zu winden. Sie ruckte kräftig und ihr Fahrrad fiel um.
»Oh Mist!«, rief Marie.
»*Verdorie!*«, sagte Lies und eilte herbei. Der Sattel war beim Aufprall aus dem Rahmen von Maries Fahrrad gefallen.

»Huch, was ist das denn?«, fragte Franzi. Sie hob den Sattel und ein zusammengerolltes Blatt Papier auf. »Das ist aus dem Fahrradrahmen gefallen.« Sie rollte das Papier auf.
»Steht nichts drauf«, meinte Franzi achselzuckend. Sie halfen Marie, das Fahrrad aufzustellen, den Sattel wieder im Fahrradrahmen zu befestigen und es mit dem störrischen Fahrradschloss sicher am Zaun anzuschließen.
»Danke euch«, sagte Marie zerknirscht. »Hoffentlich ist Frans nicht sauer wegen der Kratzer und dem Sattel.«
Lies schüttelte entschieden den Kopf. »Bestimmt nicht, das kann doch mal passieren.«

Geheimes Tagebuch von Kim Jülich
Dienstag, 22:55 Uhr
Attentie! Wer hier unerlaubterweise herumschnüffelt, den tunke ich in Frittensaus oder Satésaus!
Was für ein Tag, wir liegen total erschöpft und glücklich, von Viooltjes *umgeben, in unseren kuscheligen Betten. Lies hat uns gefragt, ob wir nachmittags mit ihr eine Grachtenfahrt machen wollen – natürlich wollen wir! Und sie will mit uns* Poffertjes *essen gehen. Die Kroketten heute in den Foodhallen waren*

total lecker! Das ist frittiertes ganz würziges Ragout, entweder mit Fleisch oder vegetarisch mit Gemüse und Pilzen, das wird in Paniermehl gewendet und frittiert. Zum Dippen gibt es ganz viele verschiedene Soßen.

Danach haben wir unsere Räder bei Frans abgegeben. Er war wirklich gar nicht sauer wegen Maries Missgeschick. Die kleinen Kratzer poliert er auf und den Sattel befestigt er einfach wieder. Als wir ihn wegen des Zettels im Fahrradrahmen gefragt haben, konnte er sich das auch nicht erklären. Er hat dieses fiets *erst neulich gebraucht gekauft. Vielleicht wollte der Vorbesitzer einen Schatz verstecken, hat er gescherzt. Wer weiß, ich bin jetzt wirklich müüüüüde …*

Kapitel 3

»Vintage-Hollandräder sind sehr begehrt.«

FRANS

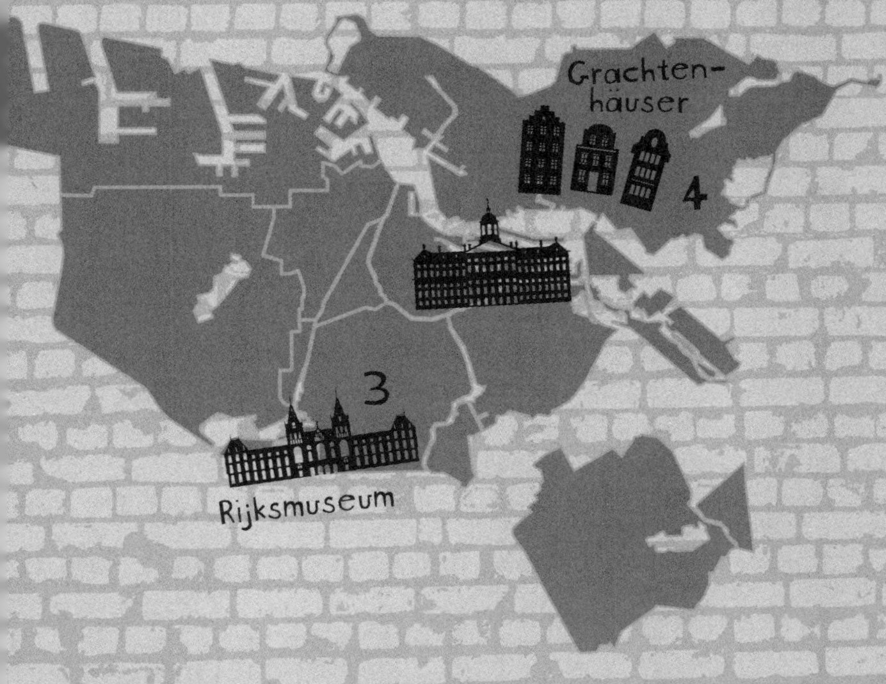

Kim strich Erdnussbutter auf das weiche Brötchen. Sie wollte gerade hineinbeißen, als Hetty laut »Stopp!« rief. Kim zuckte zusammen und ließ das Brötchen auf ihren Teller fallen. Hetty reichte ihr eine Pappschachtel.

»Du musst noch *Hagelslag* daraufstreuen. Möchtest du Schokolade, Zuckerstreusel oder Anisstreusel?«

Kim guckte verdutzt. Hetty und Oma Agnes lachten.

»Wenn du in Amsterdam frühstückst, dann muss es schon typisch niederländisch sein«, sagte Oma Agnes. Hetty reichte ihr die Schachtel mit Zartbitterschokoladenstreuseln. »Die passen perfekt zu Erdnussbutter.«

Franzi aß ein Brot mit Gouda und lehnte die süßen Streusel dankend ab, aber Marie probierte die bunten Zuckerstreusel.

»Und?«, fragte Hetty lächelnd.

»Ganz gut«, fand Kim und Marie fügte hinzu: »Schön knusprig.«
»Was machen wir denn heute?«, wollte Franzi wissen.
»Ich dachte, wir machen heute einen Kulturtag«, erklärte Oma Agnes. »Zuerst gehen wir ins Nieuwe Museum, das ist ein kleines, ganz tolles Kunstmuseum. Und danach gehen wir ins Rijksmuseum.«
»Oma«, sagte Marie zaghaft. »Lies hat uns gefragt, ob wir heute Nachmittag mit ihr eine Grachtenfahrt machen wollen.«
»Wir können einfach schauen, wie lange wir brauchen, und ihr könnt dann auch etwas früher gehen«, schlug Hetty vor.

Oma Agnes öffnete den Mund, um etwas zu erwidern. »Ein Besuch in Amsterdam ohne Grachtenfahrt ist doch nur halb so schön«, sagte Hetty und tätschelte beruhigend den Arm ihrer Freundin. Oma

3. Rijksmuseum

Das Rijksmuseum ist Amsterdams bekanntestes Museum. Hier werden unter anderem Gemälde von Jan Vermeer und Rembrandt gezeigt. Außerdem widmet es sich der Geschichte der Niederlande.

Fun Fact
Über 12.000 Fahrräder werden jedes Jahr aus den Grachten Amsterdams gefischt.

Agnes seufzte, nippte an ihrem Kaffee und stimmte ihr zu.

Vor Hettys Haus in der Bloemenstraat trafen sie auf Frans, der vergnügt pfeifend etliche Hollandräder von einem Transporter ablud.

»*Hoi*, Frans, das sieht aber nach viel Arbeit aus«, grüßte Hetty ihren Nachbarn. Frans schob sich die Schiebermütze in den Nacken und lachte. »Großlieferung.«

»Willst du die Fahrräder dann auch alle verleihen?« fragte Franzi

Frans schüttelte den Kopf. »Die werde ich aufarbeiten und dann weiterverkaufen«, erklärte er. »Vintage-Hollandräder sind sehr begehrt.«

»Kann ich verstehen«, meinte Marie und strich über den braunen Ledersattel eines türkisfarbenen Rads.

»Dann müssen wir deinen Platz im Zug umbuchen. Ins Fahrradabteil«, schlug Kim grinsend vor.

»Die *fietsen* sind leider schon alle vorbestellt«, erklärte Frans und schob das türkisfarbene Rad in den Hinterhof. »Aber du findest bei mir im Laden bestimmt ein anderes schönes.«

»Ich überlege es mir«, rief Marie ihm lachend nach.

Hetty schlug vor, einen kleinen Umweg über den Bloemenmarkt zu machen. Sie überquerten die Prinsengracht, die Keizersgracht und die Herengracht, an der entlang sie zum Markt spazierten.

»Warum fließen so viele Grachten durch Amsterdam, Hetty?«, wollte Marie wissen.

»Im 17. Jahrhundert wohnten vor allem Kaufleute in Amsterdam und die Grachten dienten dazu, Waren an- und abzuliefern. Und dazu, die Stadt zu entwässern«, erklärte Hetty.

»Was meinst du damit?«, fragte Kim.

»Amsterdam wurde auf einem sehr nassen, sumpfigen Untergrund erbaut. Und damit die Feuchtigkeit abfließen konnte und nicht ständig alle Häuser absackten oder das Untergeschoss überschwemmt wurde, dienten die Grachten auch dazu, dieses Wasser abzutransportieren.«

»Guckt mal, wie schön!«, jubelte Marie. Sie deutete auf die Hausboote, die am Rand der Herengracht festmachten.

»Und diese Wahnsinnshäuser!«, staunte Franzi.

Kim wusste gar nicht, wohin sie zuerst schauen sollte. Wieder fühlte sie sich wie in einer Filmkulisse. Es hätte sie nicht gewundert, wenn sie gleich von einer Kutsche überholt würden und sich vor ihnen elegante Herren mit Zylinder und Spazierstock den Hut ziehend begrüßen würden. Die Hausboote waren mit richtigen Balkonen und Blumenkästen geschmückt.

Auf einem Hausboot-Balkon saß ein älteres Ehepaar, das Kaffee trank und ihnen fröhlich zuwinkte. Lachend winkten Kim, Franzi und Marie zurück. Kim staunte über die hohen, schmalen Häuser, die die Gracht säumten. Die hohen Fenster und spitz zulaufenden Giebel fand sie besonders schön anzusehen.

»Aber dein Haus ist natürlich das schönste von allen!«, fand Franzi. Hetty lachte. Dann sagte sie: »Da vorne ist schon der Markt. Achtet mal darauf, wo die Verkaufsbuden sind.«

»Und passt im Gedränge auf! Nicht, dass wir uns verlieren«, fügte Oma Agnes hinzu.

»Keine Sorge, Oma, wir haben doch auch Handys«, sagte Marie und klopfte auf ihre Bauchtasche, die sie sich quer um den Oberkörper gelegt hatte.

Plötzlich war ein lauter Schrei zu hören. »Hilfe, mein Koffer! Jemand hat meinen Koffer gestohlen!« Alarmiert warfen sich Franzi, Kim und Marie einen Blick zu. Dann rannten sie zu der Frau.

4. Grachtenhäuser

Die Grachtenhäuser wurden einst von reichen Amsterdamer Kaufleuten gebaut. Weil sich die Steuern nach der Breite der Häuser bemaßen, wurden die Grachtenhäuser sehr schmal, aber dafür hoch und nach hinten raus lang gebaut. Schau mal genau hin: Manche der Häuser sind etwas schief. Wegen des sumpfigen Bodens sind sie mit der Zeit abgesackt.

»Was ist passiert?«, keuchte Franzi. Die Frau zitterte und war ganz aufgelöst.

»Diese Frau dort hat meinen Koffer gestohlen!« Sie deutete auf eine Frau mit einem blauen Sommermantel und roten Pumps, die hastig in der Menge verschwand.

»Warten Sie hier, wir machen das«, sagte Marie. Die drei nickten sich zu, dann rannten sie los.

»Achtung! Vorsicht! Entschuldigung!«, riefen sie, als sie sich einen Weg durch die Menschenmenge bahnten, die sich über den Blumenmarkt schob. Franzi war schneller als Kim und Marie.

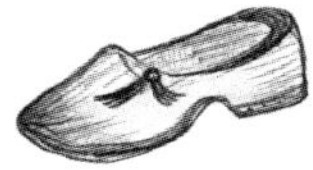

»Ihr versperrt ihr nach hinten den Weg, ich nach vorne«, rief sie ihnen über die Schulter zu. Sie legte noch einen Zahn zu und überholte die Diebin.

»Halt, stehen bleiben!«, befahl Franzi energisch und versperrte ihr den Weg. Erschrocken blieb die Frau stehen. »*Wat? Ik begrijp nit …*«

»Der Koffer!« Franzi deutete auf den schwarzen Rollkoffer, dessen Griff die Frau fest umklammert hielt.

Die Verdächtige schaute auf ihren Koffer und dachte kurz nach. »Was ist damit?«, fragte sie schließlich.

»Sie haben ihn gestohlen!«, beschuldigte sie Kim, die mit Marie hinter der Frau stehen geblieben war. Verwirrt schaute diese zwischen den Mädchen hin und her.

»Nein, das ist mein Koffer!« Sie bückte sich und zog einen Reißverschluss auf. »Hier ist mein Portemonnaie drin …« Sie kramte in der Tasche, hielt erschrocken inne und zog dann einen Amsterdam-Reiseführer hervor. »Aber was …«, stammelte sie.

Hinter Kim und Marie kam die vermeintlich bestohlene Frau angelaufen. Auch sie zog einen schwarzen Rollkoffer hinter sich her!

»Jetzt verstehe ich gar nichts mehr«, murmelte Kim.

Die andere Frau erreichte sie und hatte einen knallroten Kopf. »Es tut mir so leid«, keuchte sie. »Mein Mann hat meinen Koffer genommen und ist damit in einen Kiosk gegangen. Er hat mir nicht Bescheid gesagt.«

»Aber wessen Koffer ist das dann hier?«, fragte Marie verwirrt.

»Also, mein Ehemann dachte, er hat meinen Koffer genommen. Dabei hat er meinen Koffer mit dem dieser Frau verwechselt.« Sie deutete auf die beiden identischen schwarzen Gepäckstücke.

Die niederländische Frau verstand nur Bahnhof. Doch Hetty und Oma Agnes waren inzwischen bei ihnen angelangt und hatten die Schilderung mit angehört. In schnellem Niederländisch übersetzte Hetty, was vorgefallen war.

Dann lachten sie und die beiden Frauen tauschten ihre Koffer aus. Herzlich entschuldigten sie sich beieinander und auch der Mann, der das Chaos ausgelöst hatte, entschuldigte sich kleinlaut.

»*Niet erg*, kein Problem!«, sagte die vermeintliche Diebin und ging winkend mit ihrem Koffer davon.

»Danke, dass ihr mir geholfen habt«, sagte die Touristin bedrückt. »Auch wenn mir total peinlich ist, was für einen unnötigen Aufruhr ich veranstaltet habe.«

»Na ja, immerhin haben Sie jetzt Ihren Koffer wieder«, sagte Franzi versöhnlich.

»Na, ihr Detektivinnen – der wievielte Fall war das jetzt?«, fragte Oma Agnes schmunzelnd.

»Detektivinnen?«, fragte Hetty überrascht.

Kim winkte verlegen ab. »Wir sind Detektivinnen und haben schon um die hundert Fälle gelöst.« Marie und Franzi nickten stolz. »Wir sind *Die drei !!!*.«

»Zuhause habe ich ein ganzes Fotoalbum mit Zeitungsausschnitten über die Fälle, die die drei gelöst haben!«, erzählte Oma Agnes und hakte ihre Freundin unter.

Nun hatten sie Zeit, sich den Markt anzuschauen.

»Die Marktstände sind ja auf Booten!«, rief Kim, die das zuerst entdeckt hatte. Auf dem Markt gab es Blumen, Blumenzwiebeln und schöne und kitschige Souvenirs. Und das alles wurde vom Wasser aus auf Booten verkauft. Sie ließen sich mit den Menschen über den Markt treiben. Dann folgten sie der Nieuwe Spiegelstraat hinunter zum Museumplein, an dem das Nieuwe Museum und das Rijksmuseum lagen.

Das Nieuwe Museum war in einem modernen Bau aus Beton und großen, verglasten Flächen untergebracht.

»Ach, wie schade!«, rief Hetty, als sie näherkamen.

»Die Ausstellung über Christiaan van Haarlem beginnt erst nächsten Monat.« Sie deutete auf ein Transparent, das an der Fassade des Museums angebracht war.
Kim staunte über das großflächige Plakat, auf dem ein prachtvolles Blumen-Stillleben in leuchtenden Farben abgebildet war.
»Na ja, die Dauerausstellung ist auch toll. Ich dachte nur, wir könnten sie mit dieser Sonderausstellung verknüpfen«, erklärte Hetty.

Sie gingen hinein und lösten Eintrittskarten.
»Warum brauchen wir denn keine?«, wunderte sich Marie.
Hetty erklärte ihr, dass Kinder unter 18 Jahren in einigen Museen Amsterdams keinen Eintritt zahlen mussten.
»Das ist ja cool«, fand Franzi.
Als sie aus dem Eingangsbereich in die Vorhalle traten, blieben die Mädchen staunend stehen. Die hohen Betonwände sorgten dafür, dass die Kunstwerke besonders hervorstachen.
»Hier werden jüngere Werke niederländischer Künstler ausgestellt, die zwischen 1800 und 1940 entstanden sind«, erklärte Hetty. »Nachher im Rijksmuseum sehen wir dann noch ältere Gemälde.«

Sie gingen durch die Ausstellung. Auch wenn sich Kim, Franzi und Marie viel Zeit nahmen, um die einzelnen Werke zu betrachten, waren sie doch viel schneller als Oma Agnes und Hetty.

»Wenn das so weitergeht, müssen wir uns zwischen der Grachtenfahrt und dem Rijksmuseum entscheiden«, sagte Marie stirnrunzelnd. Franzi wollte gerade antworten, als eine Durchsage erklang.

»Ähm, habt ihr was verstanden?«, fragte Kim. Marie und Franzi schüttelten die Kopfe.

Doch dann wurde die Durchsage auf Deutsch wiederholt: »Liebe Besucherinnen und Besucher, wir müssen Sie leider bitten, das Museum unverzüglich und auf schnellstem Wege zu verlassen!«

Kapitel 4

»Kopf einziehen!«

LIES

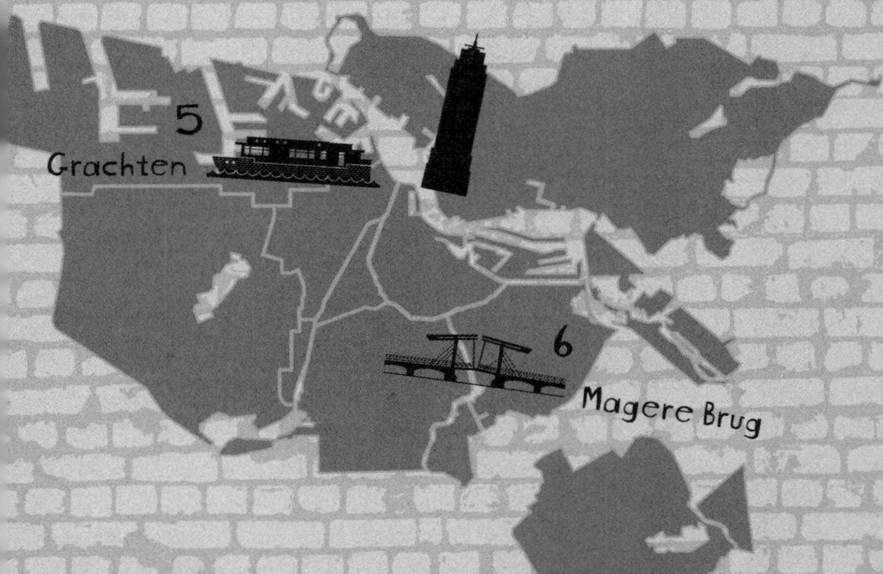

Raub im Museum

»Ob etwas passiert ist?«, fragte Kim ängstlich, als sie mit den anderen Besuchern das Museum verließen.
»Da sind Oma und Hetty!«, rief Marie. Gemeinsam verließen sie das Museumsgebäude. Draußen auf dem Vorplatz standen einige Polizeiwagen und zwei Polizisten waren dabei, das Gelände mit Absperrband abzusichern. Erschrocken blieben die drei Mädchen stehen.
»Ich werde mal fragen, was da los ist«, sagte Hetty resolut und ging auf eine Polizistin zu, die sich ein Funkgerät ans Ohr hielt. Sie lächelte, als sie Hetty erkannte. Hetty wechselte ein paar Worte mit ihr, dann kam sie zurück.
»Das war Leontien, ihre Mutter und ich waren Arbeitskolleginnen«, begann Hetty. »Es gab einen Einbruch«, fuhr sie mit gedämpfter Stimme fort. »Sehr wertvolle Stücke scheinen aus dem Lager des Museums entwendet worden zu sein.«

»Krass!«, entfuhr es Franzi. Kim und Marie nickten.
»Auf den Schreck lade ich euch jetzt erst mal auf eine Portion Poffertjes ein«, sagte Hetty aufmunternd. »Danach gehen Agnes und ich ins Rijksmuseum und ihr könnt euch mit Lies treffen, einverstanden?«
Das hielten alle für eine sehr gute Idee.
Das kleine Café am Museumplein gehörte Joost, einem Bekannten von Hetty. Er ließ es sich nicht nehmen, selbst in die Küche zu gehen, um ihnen riesige Portionen Poffertjes zu braten. Sie ließen sich die kleinen Pfannkuchen mit Puderzucker und Apfelmus schmecken. Als Joost mit der dritten Portion um die Ecke bog, winkten sie jedoch lachend ab.
Kim hielt sich den Bauch. »Ich kann nicht mehr, wirklich!«, stöhnte sie. Joost machte ein enttäuschtes Gesicht.
»Ich lasse sie mal hier stehen, vielleicht entscheidet ihr euch noch um«, sagte er dann und stellte den großen Teller in die Mitte des Tisches. Beim Gehen tätschelte er Hettys Schulter. Kim glaubte zu sehen, dass ein zartes Rosa über Hettys Wangen huschte.
Marie sah auf ihr Smartphone. »Lies macht sich gleich auf den Weg zum Treffpunkt«, sagte sie. »Wollen wir los?« Kim und Franzi nickten.

Oma Agnes und Hetty verabschiedeten sich und wünschten den Mädchen viel Spaß bei ihrer Grachtenfahrt.
Kim schnappte sich noch zwei Poffertjes vom Teller und steckte sie sich in den Mund. »Na, doch noch nicht satt?«, fragte Franzi und knuffte ihre Freundin in die Seite.
»Ach, die sind doch so klein, die rutschen noch irgendwo zwischen«, antwortete Kim und schleckte sich den Puderzucker von den Fingern.
Lies wartete vor dem Rijksmuseum auf sie. Als Kim, Franzi und Marie sie erreichten, fragte Lies: »*Hoi*, was ist denn da los?« Sie deutete auf das Nieuwe Museum. Dieses und der Platz davor waren immer noch mit Absperrband gesichert und die Zugangsstraße war durch Polizisten versperrt.
Inzwischen standen dort noch mehr Polizeiwagen und viele Journalisten und Übertragungswagen. Kim, Franzi und Marie erzählten Lies, was wahrscheinlich vorgefallen war. Lies zog sofort ihr Smartphone aus der Tasche und gab *Amsterdam* und *Nieuwe Museum* in die Suche ein.
»Es gab einen Einbruch«, las sie vor. »Aber wie die Täter eindringen konnten und was überhaupt gestohlen worden ist, steht noch nirgends.« Sie

5. Grachten

Amsterdam lässt sich ganz gemütlich vom Boot aus besichtigen. Die Rundfahrten starten am Stationsplein oder ab Damrak. Hier legen auch umweltfreundliche Elektroboote ab, mit denen man eine Grachtenrundfahrt machen kann, diese sind allerdings etwas teurer.

scrollte die Suchleiste herunter und schüttelte dann den Kopf. »Nee, im Internet steht noch nichts Konkretes.«
»Ich bin echt gespannt, was da los war«, grübelte Franzi.
»Heute Abend in den Nachrichten gibt es bestimmt kein anderes Thema«, vermutete Lies. Sie warf noch einen Blick auf ihr Smartphone. »Oh, das Boot legt gleich ab«, sagte sie.
»Müssen wir noch weit zur Anlegestelle?«, fragte Marie besorgt.

»Nein, die ist gleich hier vorne«, antwortete Lies und zeigte zur Brücke an der Singelgracht, die vor dem Rijksmuseum lag. Dort hatte sich schon eine kleine Menschentraube gebildet.

»Da kommt schon das Boot«, rief Kim. Ein flaches, weißes Boot mit offenem Verdeck tuckerte in Richtung Anlegestelle. Sie stellten sich zu den anderen Wartenden und konnten einen Platz hinten an Deck des Schiffes ergattern.

»Vorne sind natürlich die besten Plätze«, erklärte Lies. »Aber dann muss man rechtzeitig an der Haltestelle sein.«

»Ach, hier sitzen wir doch auch gut«, fand Franzi.

Die Fahrt begann, die vier lehnten sich auf ihrer Sitzbank zurück und lauschten der Stimme vom Band, die auf Niederländisch, Englisch und Deutsch die Sehenswürdigkeiten erklärte. Auch Lies fiel immer wieder etwas ein.

»Jetzt sind wir auf der Ij«, erklärte sie. »Das ist neben der Amstel der zweite Fluss in Amsterdam und trennt den Stadtteil *Noord* vom restlichen Amsterdam.«

Kim blickte nach links, wo moderne Gebäude in den Himmel ragten. Die gefielen ihr nicht so gut. Lies schien das zu bemerken.

»Gleich biegen wir auf die Amstel ab und fahren wieder ins alte Amsterdam. Und wir werden unter sehr, sehr flachen Brücken hindurchfahren«, erklärte sie grinsend. »Da muss man den Kopf einziehen. Das wird aber rechtzeitig durchgesagt.« Da bog das Grachtenboot auch schon ab.

»Das ist die erste Brücke«, rief Griet. »Kopf einziehen!«

Alle Passagiere duckten sich und dann wurde es über ihren Köpfen dunkel. Hinter der Brücke richteten sich alle lachend wieder auf.

»Und das geht jetzt so weiter?«, fragte Kim noch immer lachend.

6. Magere Brug

Die Magere Brug wird abends und nachts von 1.800 Glühbirnen beleuchtet. Doch auch am Tag ist die weiße Holzbrücke hübsch anzuschauen. Sie verläuft über die Amstel, dem Fluss, der Amsterdam seinen Namen gab.

Fun Fact

Angeblich wurde die Magere Brug 1670 von zwei Schwestern mit dem Nachnamen Mager in Auftrag gegeben. Sie wohnten auf den sich gegenüberliegenden Ufern und wollten sich besuchen können.

»Ja, aber erst mal kommt jetzt die Magere Brug.« Lies zeigte in Fahrtrichtung geradeaus, wo eine weiße Brücke sichtbar wurde.

»Magere Brug«, wiederholte Kim den Brückennamen. »Was heißt das denn auf Deutsch?«

»Magere Brücke. Die Brücke ist so gebaut, dass man sie hochklappen kann, wenn ein zu hohes Schiff darunter hindurchfahren muss«, antwortete Lies.

»Das ist jetzt die Prinsengracht. Hier waren wir gestern schon«, erklärte Lies.

»Stimmt!«, rief Marie. »Da sind ja ganz viele Hausboote!«

»Wollt ihr nachher mal eins von innen sehen?«, fragte Lies grinsend.

»Oh, jaaa!«, jubelten Kim, Franzi und Marie durcheinander.

Kapitel 5

»Even een momentje!«

HENK

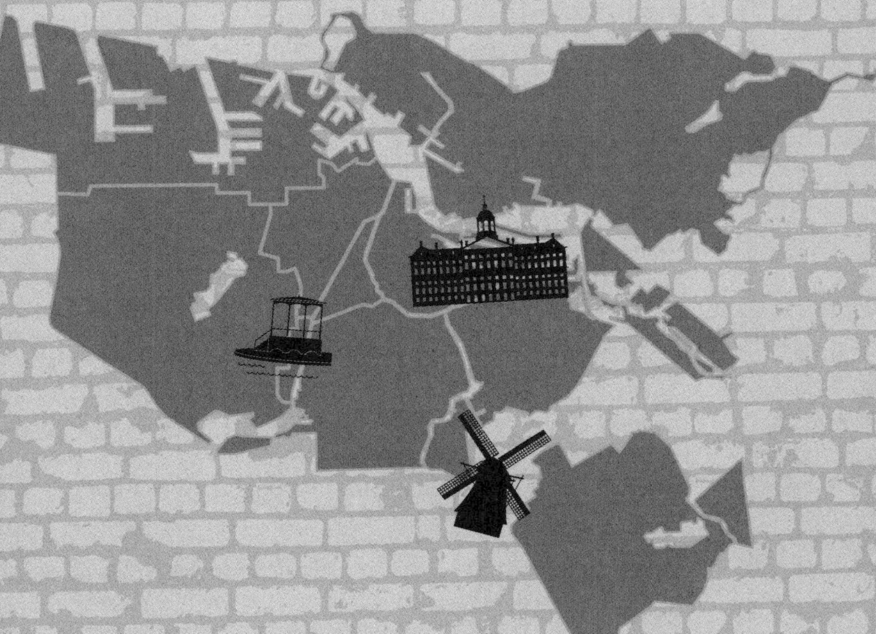

Besuch auf dem Hausboot

»Hallo, Henk?«, rief Lies. Sie standen vor einem alten Fischerkahn. Kim staunte, wie liebevoll restauriert das Boot war. Der Rumpf war aus dunkelbraunem Holz, am Heck stand der Name des Bootes in weiß: *Miekje*.
Das Haus war weiß und hatte ein flaches Dach, auf dem Blumentöpfe und ein Liegestuhl standen. An Deck des Schiffes waren ebenfalls viele Pflanzen. Mitten darin war eine Hängematte aufgespannt. Eine bunte Wimpelkette flatterte fröhlich im Wind.
»Ist das schön!«, seufzte Kim.
»Henk?«, rief Lies noch einmal. Da klapperte es in der Kajüte und jemand rief: »*Even een momentje!*« Dann schepperte es noch mal und ein großer älterer Mann stand in der Tür. Er winkte ihnen zu.
»Ein richtiger Seebär«, flüsterte Kim.
»Stimmt«, flüsterte Franzi zurück.
»*Hoi*, Lies!«, rief er und grinste. Lies grinste zurück

und antwortete etwas auf Niederländisch. Dann wechselte Henk ins Deutsche. »Na klar, kommt rauf! Ich habe sogar eben Kuchen gebacken.«

»Wie kommen wir denn rauf?«, fragte Marie stirnrunzelnd.

»Ich gehe vor«, sagte Lies. Sie setzte einen Fuß auf die Reling und sprang an Deck des Hausbootes. Kim, Franzi und Marie folgten ihr. Lies deutete zur Seite. »Es gibt auch eine Leiter. Aber dann wäre es nicht so lustig.«

Lies stellte ihnen Henk vor.

»Und du wohnst hier wirklich?«, platzte es aus Kim heraus. Henk nickte. »Jeden Tag, auch im Winter?«, fragte Kim erstaunt. Nun lachte Henk und fragte, ob sie eine Bootstour haben wollten. »Dann glaubst du mir bestimmt,

Fun Fact

2.500 Hausboote liegen in den Grachten von Amsterdam. In den 1960er Jahren gab es in Amsterdam eine starke Wohnungsnot. Also zogen viele Leute aufs Wasser. Das war damals eine Notlösung, heute sind die Hausboote nahezu unbezahlbar.

dass man es hier auch im Winter sehr gemütlich haben kann.«

Kim, Franzi und Marie gingen durch die Tür in die Kajüte. »Das ist ja eine richtige Wohnung«, rief Kim überrascht. Direkt hinter der Eingangstür war links eine Küchenzeile angebracht.

»Sogar mit Backofen und Blick auf die Gracht«, sagte Henk nicht ohne Stolz. Gegenüber stand ein kleiner Esstisch mit zwei Stühlen. Dahinter gab es ein Wohnzimmer mit Sofa, Sessel und einem kleinen Fernseher.

»Und hier ist noch ein Bad und ein Schlafzimmer«, sagte Henk.

»Du kannst hier auch duschen?«, fragte Marie erstaunt.

Henk lachte. »Klar. Man muss sich anmelden, dann kommt ein Lkw der Stadtwerke, liefert frisches Wasser und holt das Abwasser wieder ab.«

Marie nickte beeindruckt. »Ich finde es großartig!«, rief Franzi. »Stellt euch vor, ihr wacht jeden Morgen auf dem Wasser auf. Am besten irgendwo mitten in der Natur.«

»Manchmal ist mir hier zu viel los«, gab Henk zu. »Aber ich beobachte gern Leute und ich brauche den Trubel einfach.«

Dann holte Henk drei Klappstühle aus einer Luke, die im Deck eingelassen war, kochte Kakao und servierte den frisch gebackenen Kuchen.
»*Gezellig*, hm?«, fragte Henk in die Runde.
»Seit wann backst du denn?«, fragte Lies und betrachtete mit gerunzelter Stirn das Stück Kuchen auf ihrem Teller.
»Ich habe doch jetzt viel mehr Zeit als früher. Und da habe ich ein neues Hobby gesucht«, erklärte Henk.
»Wieso hast du jetzt mehr Zeit?«, wollte Franzi wissen.
Henk nahm einen Bissen von seinem Kuchen. »Mmh, nicht so schlecht, oder? Bis vor zwei Jahren war ich Polizist im Stadtteil *Oud-Zuid*.«
»Hast du von dem Diebstahl gehört?«, fragte Kim aufgeregt.
»Heute Morgen im Nieuwe Museum«, sprudelte Marie los. »Wir waren da, als der Überfall passiert sein muss.«
Henk nickte. »In der Stadt spricht man über nichts anderes.«
»Hast du vielleicht schon etwas Genaueres erfahren?«, wollte Franzi wissen. »Online wurden noch keine Details veröffentlicht.«
Henk wiegte den Kopf hin und her. »Mich hat vorhin

ein alter Kollege angerufen und mir davon erzählt. Die Museen rund um den Vondelpark gehörten früher zu meinem Revier und da bin ich natürlich neugierig«, sagte er. »Der Stand der Ermittlungen bleibt selbstverständlich noch streng geheim. Die Täter dürfen nicht aus der Zeitung oder im Fernsehen erfahren, welche Informationen die Ermittler bereits haben.«

»Aber wir würden das doch niemandem verraten«, sagte Kim.

»Und außerdem«, fügte Marie hinzu und kramte in ihrer Tasche, »sind wir Detektivinnen.« Sie legte eine Visitenkarte vor Henk auf den Tisch. Henk nahm das Kärtchen und studierte es lächelnd.

»Dann seid ihr ja sozusagen Kolleginnen«, stellte er fest. »Okay, ich verrate euch ein paar Sachen, aber ihr dürft es niemandem erzählen.«
»Kein Wort zu niemandem!«, versprach Franzi. Marie und Kim nickten entschlossen. Kim rutschte auf ihrem Stuhl nach vorne, so gespannt war sie, Details zu dem Museumseinbruch zu erfahren.
»Aus dem Depot des Museums sind Zeichnungen von Christiaan van Haarlem gestohlen worden.«
»Was ist ein Depot? Wer ist Christiaan van Haarlem?«, riefen Kim und Franzi durcheinander. Henk hob beschwichtigend die Hand und nahm einen Schluck Kaffee.
»Wenn ihr abwartet, erzähle ich euch das alles schon«, antwortete er schmunzelnd. »Also, ein Depot ist sozusagen das Lager eines Museums, in dem Stücke aufbewahrt werden, die gerade nicht in der Ausstellung gezeigt werden. Christiaan van Haarlem war ein bedeutender niederländischer Künstler des 19. Jahrhunderts. Zu seinem Werk sollte es in einem Monat eine Sonderausstellung geben.«
Marie erinnerte sich. »Hetty hat doch gesagt, dass sie gehofft hatte, die Sonderausstellung würde schon in diesem Monat beginnen.«

Nickend fuhr Henk fort. »Es wurden 24 Skizzen aus dem Depot gestohlen, die als Vorlage für seine berühmte Gemäldereihe *Tulpenvelden* dienten. Diese Skizzen sind erst vor Kurzem entdeckt worden. Ein Hotel in Delft wurde aufwendig restauriert, in dem van Haarlem 1822 übernachtet hatte. Unter den Dielen eines Hotelzimmers wurde eine Mappe mit ebendiesen Skizzen gefunden.«

Lies, Kim, Franzi und Marie lauschten gespannt. Kim wollte sich das unbedingt merken, vielleicht konnte sie das irgendwann einmal für eine Geschichte verwenden.

»Und hat die Polizei schon einen Verdacht?«, fragte Marie.

»Da der Diebstahl ziemlich schnell aufgefallen ist, geht die Polizei davon aus, dass der Täter noch in Amsterdam sein muss. Es wurden zügig Straßensperren errichtet, an denen Autofahrer, Radfahrer und sogar Fußgänger verstärkt kontrolliert werden. Auch die Post und das Gepäck von Passagieren am Hafen und am Flughafen werden besonders gründlich durchleuchtet.«

»Es ist also wahrscheinlich, dass der Täter noch in der Stadt ist?«, hakte Franzi nach.

»Ja, das gilt als sicher«, antwortete Henk.

Detektivtagebuch von Kim Jülich
Mittwoch, 22:18 Uhr
Die drei !!! melden sich aus dem Urlaub … Nein, nicht wirklich. Wir waren zufällig am Ort eines Kunstraubs, aber hier ist die gesamte Amsterdamer Polizei im Einsatz. Henk hat uns noch erzählt, dass sogar zusätzlich Einsatzkräfte aus Den Haag und Rotterdam hinzugezogen wurden. Das wird also vermutlich kein Fall für die drei !!!, aber wir wollen uns morgen am Museum ein bisschen umhören. So richtig machen Detektivinnen eben nie Urlaub.

Geheimes Tagebuch von Kim Jülich
Mittwoch, 22:37 Uhr
Stop, lees niet verder! Wenn ich herausfinde, dass ihr doch heimlich lest, dann verstecke ich eure Lieblingscomics unter den Dielen meines Zimmers* und da können sie dann die nächsten Jahre vergilben.
(*Ich verrate euch ganz bestimmt nicht wirklich, wo ich eure Comics verstecken würde.)
Jedes Läuten einer Fahrradklingel, jede Brücke, die über eine Gracht führt, jedes Körnchen Puderzucker auf einem Poffertje lässt mein Herz hüpfen. Amsterdam hat mein Herz erobert. Die Hausboote, die herzlichen Menschen, die wir hier schon kennenlernen

durften, die wunderschönen Häuser, das Wasser, alles ist so schön und hübsch und habe ich schon die Hausboote erwähnt?! Wir sind erst zwei Tage hier und haben schon so viel erlebt, das ist der Wahnsinn. Marie wird schon ein bisschen ungeduldig, weil wir noch gar keinen Shoppingausflug eingeplant haben ... Vielleicht klappt es ja morgen. Außerdem lässt uns der Einbruch im Museum nicht los. Aber das ist auf jeden Fall eine Nummer zu groß für uns.

Kapitel 6

»Wow, jetzt fühle ich mich richtig berühmt!«

LALE AYGÜN

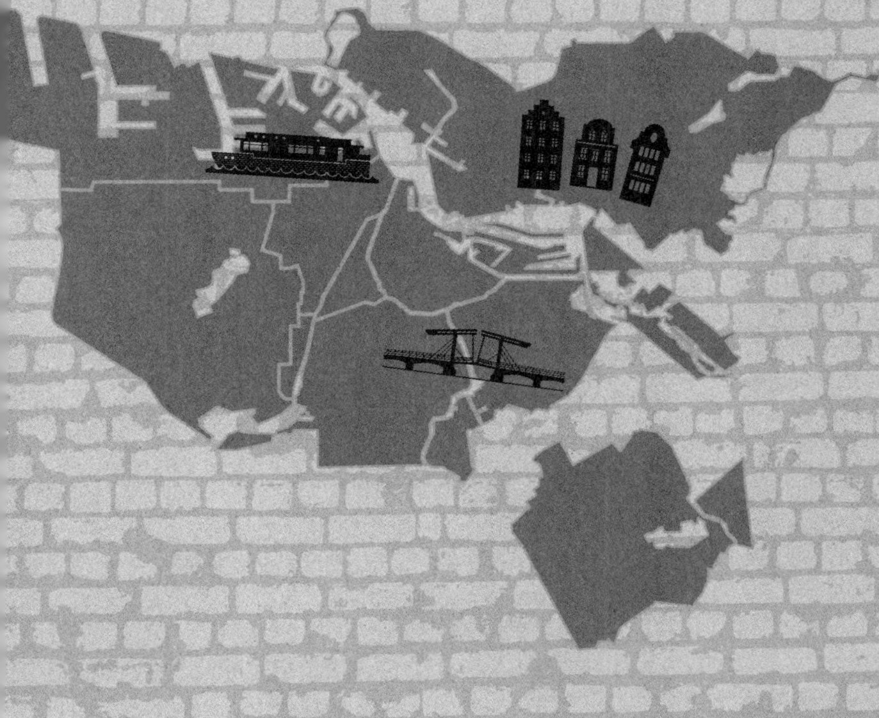

Zwei klitze-kleine Notlügen

»Na, Mädchen, was liegt heute an?«, fragte Hetty beim Frühstück.

»Kim, Franzi und ich wollten heute eigentlich …«, begann Marie.

»Ich dachte, wir gehen heute zusammen in den Botanischen Garten«, unterbrach sie Oma Agnes erstaunt. »Bekomme ich euch denn gar nicht mehr zu sehen?«

Marie warf Kim und Franzi einen alarmierten Blick zu. Sie stand auf und umarmte ihre Oma. »Aber Oma! Du und Hetty seid schon so lange Freundinnen und seht euch so selten. Ihr wollt doch bestimmt plaudern und alleine unterwegs sein!«

»Wir kommen zurecht und passen auf uns auf«, sagte Kim zaghaft. Oma Agnes seufzte. »Ich weiß, ich weiß«, sagte sie. »Aber mir kommt es so vor, als geht ihr uns aus dem Weg.«

»Nein, nein!«, riefen Kim, Franzi und Marie im

Chor. Hetty und Oma Agnes lachten. »Also, was habt ihr vor?«, fragte Hetty lachend.
»Weil wir gestern im Nieuwe Museum nicht alles sehen konnten, wollen wir heute noch mal hingehen. Und danach vielleicht noch ins Rijksmuseum.«
»Das finde ich aber toll«, rief Oma Agnes. »Dass sich Mädchen in eurem Alter so für Kultur interessieren.« Kim, Franzi und Marie warfen sich einen verstohlenen Blick zu.

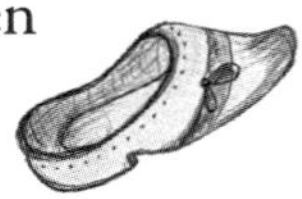

»Uff, glaubt ihr, Oma Agnes wird sehr enttäuscht sein, wenn sie erfährt, dass wir gar nicht ins Museum gehen wollen?«, fragte Franzi, als sie die Pension nach dem Frühstück verließen. »Wir gehen aber immerhin ZUM Museum«, antwortete Marie grinsend.
Kim reckte ihr Gesicht in den sonnigen Morgen. »Wollen wir uns ein Fahrrad ausleihen?«, fragte Franzi. »Lasst uns lieber laufen«, schlug Kim vor. »Kim, das von dir?«, fragte Marie mit aufgerissenen Augen. Kim boxte ihre Freundin gegen die Schulter. »Haha, sehr witzig«, sagte sie. Marie lachte. »Ich bewege mich sehr gerne, wenn es etwas Schönes zu sehen gibt«, erklärte sie. »Das ist in der Turnhalle oder auf dem Sportplatz eher nicht der Fall.«
»Na gut, das kann ich verstehen«, sagte Marie und

hakte sich bei Kim und Franzi unter. Doch so zu dritt nebeneinander konnten sie nicht lange die Straße hinabspazieren. Erschrocken sprangen sie auseinander, als es hinter ihnen laut bimmelte. Zwei Fahrradfahrer riefen ihnen im Vorbeifahren lachend etwas zu.

Kim sah sich um. »Hier ist echt was los!«, bemerkte sie.

Sie waren inzwischen an der Prinsengracht angekommen. Hier waren Radfahrer jeden Alters unterwegs zur Schule, zur Uni, zur Arbeit oder zum Einkaufen. Reisegruppen, Besucher und Spaziergänger schlenderten an der Gracht entlang.

»Von dem Dingdong der Fahrradklingeln werde ich noch träumen«, sagte Franzi grinsend.

»Oh, wir sollten uns solche Fahrradklingeln als Souvenir kaufen, was meint ihr?«, fragte Marie strahlend. »Zum Thema Kaufen …«, fügte sie hinzu. Franzi unterbrach sie:

»Jaaa, Marie. Wir gehen heute auch shoppen.«

»Aber erst zum Museum«, sagte Kim.
»Oh, was ist denn da los?«, fragte Franzi, als sie das Rijksmuseum passiert und am Museumplein angekommen waren. Vor dem Nieuwe Museum standen wie am Tag zuvor mehrere Polizeiwagen, Kleinbusse und eine große Menschentraube.
»Das sind Journalisten«, erkannte Marie. Kim konnte elegant gekleidete Leute sehen, die mit einem Mikrofon in der Hand in Kameras sprachen, und andere Journalisten, die mit gezückten Notizblöcken oder dem griffbereiten Handy offenbar auf neueste Informationen hofften.
»Hier sind auch jede Menge deutsche Teams«, sagte Franzi und zeigte auf ein paar Kleinbusse, auf denen die Namen deutscher Fernseh- und Radiosender standen.
»Kommt, wir gehen mal ein bisschen näher dran«, beschloss Marie und marschierte entschlossen los. Kim und Franzi folgten ihr hastig. Kim entdeckte einen Kameramann, auf dessen Weste das Logo eines deutschen Fernsehsenders aufgedruckt war. Er filmte eine Reporterin, die gerade einen Bericht in die Kamera sprach. Marie steuerte direkt auf sie zu. Einige Meter hinter dem Kameramann stoppte sie und Kim konnte noch den letzten Satz der

Reporterin hören. »Damit gebe ich zurück ins Hauptstadtstudio nach Berlin. Das war Lale Aygün für Sie aus Amsterdam.«

»Und danke«, sagte der Kameramann. Sie beugten sich zusammen über den ausgeklappten Bildschirm an der Kamera.

»Marie«, flüsterte Kim. »Was machen wir hier jetzt?« Marie machte eine beschwichtigende Handbewegung. Die Reporterin telefonierte kurz. Als sie das Telefonat beendet hatte, sagte sie zum Kameramann: »Wir sollen auf jeden Fall hierbleiben. Es werden zeitnah weitere Statements erwartet.«

»Entschuldigen Sie bitte, sind Sie nicht Lale Aygün?«, sprach Marie sie an.

Die Reporterin lachte. »Wow, jetzt fühle ich mich richtig berühmt!«

Kim warf Marie einen fragenden Blick zu.

»Die Korrespondentin für die Benelux-Länder«, erklärte Marie.

Lale Aygün nickte beeindruckt. »Es ist ungewöhnlich, dass sich jemand in deinem Alter die Fernsehnachrichten anschaut.«

Marie lächelte verlegen. »Ich möchte auch Journalistin werden«, erklärte sie. »Wir drei«, sie deutete auf Franzi und Kim, »schreiben für die

Schülerzeitung. Und wir waren gestern hier im Museum, als der Diebstahl passierte.«
Kim sprang ihrer Freundin bei. »Ja, und nun wollen wir natürlich auch einen Bericht über den Kunstraub schreiben. Wenn wir schon mal mittendrin sind.«
»Das klingt toll. Es freut mich, so junge und engagierte Kolleginnen zu treffen«, sagte Lale Aygün erfreut.
»Gibt es denn schon etwas Neues?«, fragte Franzi.
Die Reporterin schüttelte den Kopf. »Wir warten hier alle auf eine Pressekonferenz mit neuen Infos. Es sickern manchmal Gerüchte durch, aber für die gibt es noch keine Bestätigung.«
»Können Sie uns vielleicht sagen, was das für Gerüchte sind?« Marie zwinkerte ihr zu.
Lale Aygün lachte. »Du hast ja schon alle Tricks drauf! Na gut, wir sind ja sozusagen Kolleginnen. Der oder die Täter müssen sich sehr gut im Museum ausgekannt haben. Sie kannten den Zugang zum extrem gut gesicherten Depot und außerdem sind sie auf keinem der Überwachungsvideos zu sehen.«
»Dann müssen sie gewusst haben, wo die Kameras sich befinden«, schlussfolgerte Kim.

Lale Aygün nickte. »Genau, so scheint es zu sein.« Ihr Telefon klingelte. Die drei !!! bedankten sich und verabschiedeten sich von ihr. »Kommt erst mal mit«, zischte Marie.

»Marie, war das nicht ein bisschen fies?«, fragte Kim, als sie sich entfernt hatten. Sie spürte ihr schlechtes Gewissen in der Magengegend rumoren. »Sie war wirklich so nett und wir tischen ihr eine Lüge nach der anderen auf.«

»Das finde ich nicht«, sagte Marie. »Also, klar, sie war supernett! Aber vielleicht möchte ich wirklich Journalistin werden eines Tages.«

»Doch nicht Schauspielerin, Sängerin, Tänzerin oder was war gleich der in dieser Sekunde aktuellste Traumberuf von Frau Grevenbroich?«, stichelte Franzi grinsend. Marie winkte ab.

»Und du schreibst, Kim! Geschichten, logo. Aber auch Detektivtagebuch und für die Zeitung hast du ja sogar tatsächlich schon ein paar Artikel verfasst. Zusammenfassung: Das war alles fast gar nicht gelogen.« Marie nickte entschieden.

»Wo gehen wir jetzt hin? Zuerst in die Eisdiele, Schuhe oder Klamotten?«

Kim und Franzi stöhnten. »Eine Sache noch, bevor wir uns in die Geschäfte stürzen: Wenn der oder die

Diebe gar nicht auf den Überwachungskameras zu sehen waren …«

»Dann waren sie ortskundig«, beendete Franzi den Satz ihrer Freundin.

»Das wiederum heißt«, fuhr Kim fort, »dass es aktuelle oder ehemalige Mitarbeitende des Museums gewesen sein könnten.«

Kim konnte sehen, dass Maries Augen aufleuchteten, wie sie es immer taten, wenn ein neuer Fall anstand. Doch dann schüttelte sie den Kopf. »Dieser Fall ist eine Nummer zu groß für uns. Und wir sind in einer Großstadt. Wie wahrscheinlich ist es, dass uns der Täter über den Weg läuft oder wir auch nur den Hauch einer Spur von ihm finden?« Kim und Franzi nickten zerknirscht. »Das ist schade, aber du hast recht«, sagte Franzi.

»Wohin gehen wir zuerst?«, fragte Kim.

»Mir nach!«, jubelte Marie vergnügt.

»Marie, eine Frage habe ich noch«, rief Franzi ihrer davonstürmenden Freundin zu. Marie drehte sich um. »Woher wusstest du, dass sie die Korrespondentin für Belgien, Luxemburg und die Niederlande ist?« Marie zuckte mit den Achseln.

»Internetrecherche. Während sie zum ersten Mal telefoniert hat.« Marie drehte sich um und ging weiter.

Kim schüttelte bewundernd den Kopf. Marie war wirklich unglaublich.
»Das war gut!«, seufzte Marie, stellte die Tragetaschen ab und nahm das Softeis mit Lakritzstreuseln entgegen, das Franzi ihr reichte.
»Ich glaube, das hier wird jetzt erst richtig gut«, sagte Kim und schaute mit leuchtenden Augen auf die Portion Pommes, die vor ihr stand. »Was genau ist daran jetzt *speciaal*?«, fragte sie Franzi, die das Eis, Pommes und für sich selbst eine vegetarische *frikandel* aus der Snackbar geholt hatte.
»*Friet speciaal* sind Pommes mit Mayo, Curryketchup und Zwiebeln«, erklärte Franzi. »Ich musste aber auch nachfragen.«
»Und was hast du da?« Marie zeigte mit der Eiswaffel auf Franzis Imbiss.
»Das ist eine *frikandel*. Eine frittierte Wurst. Ich habe mich für die vegetarische mit Erdnusssoße entschieden.« Franzi schnitt ein Stück ab, tunkte es großzügig in die Soße und schob es sich in den Mund. »Schmeckt pfffantastisch«, nuschelte sie. »Es hätte auch Apfelmus zu den Pommes oder der *frikandel* gegeben!«
»Hm, ich weiß nicht …«, begann Kim. Doch Marie unterbrach sie: »Guckt mal, da ist Frans!«

Fun Fact

Imbissbuden nennt man in den Niederlanden Snackbar. Um sich rund um die Uhr mit Frikandeln und Kroketten versorgen zu können, gibt es an vielen Orten Snack-Automaten, an denen man sich die heißen Snacks wie Süßigkeiten ziehen kann.

Kim schaute sich suchend um. Frans stand an einer Straßenecke und schien zu warten. Er blickte sich ebenfalls suchend um und zog zweimal direkt hintereinander sein Handy aus der Tasche und warf einen Blick darauf.

»Wollen wir ihm winken?«, fragte Franzi. Doch Marie legte ihre Hand auf Franzis, die sich gerade zum Winken hob.

»Warte!«, flüsterte Marie. Ein Mann ging eilig auf Frans zu. Die beiden steckten nach einer kurzen Begrüßung die Köpfe zusammen.

»Das scheint ein hitziges Gespräch zu sein«, bemerkte Kim.

Frans gestikulierte wild, und als der andere Mann lauter zu werden schien, legte Frans ihm beruhigend die Hand auf die Schulter.

»Fällt euch auf, was der Mann für Klamotten trägt?«, fragte Marie. Kim sah genauer hin. Bislang hatte sie nur gesehen, dass es eine Art Uniform war. Doch die kam ihr bekannt vor.

»Eine Uniform des Nieuwe Museums!«, stieß Franzi hervor.

Kapitel 7

»Habt ihr Lust auf einen *koffie* oder Tee?«

GRIET

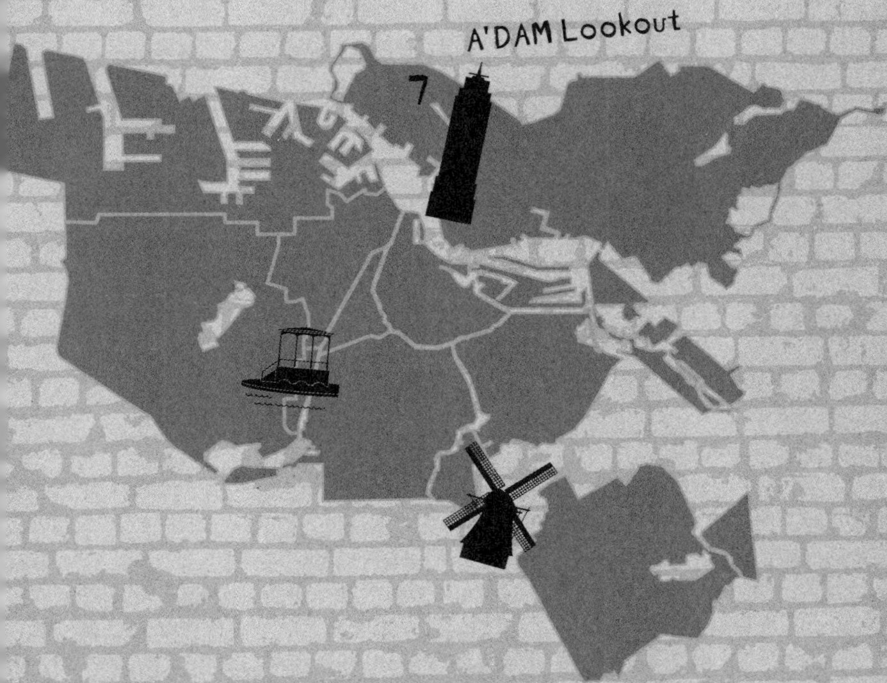

Detektivinnen-Instinkt

Auch Kim erinnerte sich. Diese Uniformen kannte sie von den Sicherheitsmitarbeitern im Nieuwe Museum. Die war ihr sofort aufgefallen, weil sie dunkelrot war und alle Mitarbeiter ein goldenes Einstecktuch im Jackett trugen.

»Das ist ja merkwürdig, warum haben sie Streit?«, fragte sich Marie laut.

»Oh, ich glaube, sie gehen«, sagte Kim. »Wollen wir hinterhergehen?«, schlug Franzi vor.

Auch Kims Detektivinstinkt sagte ihr, dass sie die beiden observieren sollten. Sie stopfte sich die restlichen Pommes in den Mund und stand auf. Marie räumte hastig die Servietten und das Tablett weg und dann folgten sie den beiden Männern. Sie sprachen nun nicht mehr miteinander und gingen schweigend mit langen Schritten nebeneinanderher. An der Ecke zur Leliegracht trennten sie sich.

»Was jetzt?«, zischte Kim. Sie wollte sich ungern trennen, um beiden folgen zu können.
»Wir folgen Frans«, schlug Franzi leise vor. Und das war schwierig, er kannte sich zu gut aus. Einmal huschte Frans durch einen Hinterhof und war dann so schnell um eine Ecke verschwunden, dass die drei !!! zuerst dachten, sie hätten ihn verloren. Als sie ihm um die nächste Ecke folgten, stöhnten sie ernüchtert auf: Sie waren in der Bloemenstraat! Frans war eine Abkürzung nach Hause gegangen. Er bog vor ihnen links ab, in seinen Hinterhof.

»Na toll«, murmelte Kim.
»Tut mir leid«, sagte Franzi zerknirscht.
»Das konntest du doch nicht wissen, ist nicht schlimm«, sagte Kim versöhnlich.
»Hey«, flüsterte Marie. Kim und Franzi drehten sich zu ihr um.
»Da ist grad ein Mann ziemlich eilig zu Frans in den Hinterhof gehuscht. Er hat sich sogar vor dem Abbiegen noch einmal umgesehen!«
Die drei gingen in den Hinterhof und versuchten, in Frans' Fahrradladen zu spähen. Doch darin war es dunkel und die Fenster so blind, dass sie nichts erkennen konnten. Als die Glöckchen der Tür des Fahrradladens erklangen, zuckte Kim zusammen, so

konzentriert war sie gewesen, drinnen doch etwas erkennen zu können.

Ein großer Mann mit hochgeklapptem Kragen und tief ins Gesicht gezogenem Hut eilte aus dem Geschäft. In der Hand hielt er ein in braunes Packpapier eingeschlagenes Päckchen.

»Das war aber kein Fahrrad«, murmelte Marie.

»Hallo, was macht ihr denn hier?«, fragte Frans fröhlich, der plötzlich in der Tür seines Ladens stand. Kim konnte sehen, dass er gestresst aussah, obwohl er lächelte.

»Äääähm«, machten Marie und Franzi.

Kim schaltete schnell. »Hi, Frans, wir wollten uns noch mal Fahrräder von dir leihen.«

Dankbar schauten Marie und Franzi zu ihr herüber.

»Ja, wir wollten eigentlich ins Nieuwe Museum, aber das ist heute geschlossen wegen des Kunstraubs. Hast du davon gehört?«, fügte Marie schnell hinzu.

Frans schob seine Mütze in den Nacken und nickte.

»Klar, niemand spricht über etwas anderes«, sagte er.

»Man vermutet, dass der Täter sehr gute Kenntnisse über die Museumsräume hatte«, merkte Franzi an. »Vielleicht war es sogar jemand, der dort arbeitet.«

Frans zuckte mit den Schultern. »Gab es so was

nicht auch in Berlin? Da wurde doch eine riesengroße Goldmünze aus einem Museum gestohlen«, sagte er beiläufig.

»Na ja, jedenfalls wissen wir jetzt nicht, was wir heute machen sollen«, sagte Kim. »Hast du einen Tipp?«

Frans schob ein rostrotes Fahrrad nach vorne. »Wart ihr schon beim A'DAM Lookout? Das ist ein Turm im Norden der Stadt, hinter Amsterdam Centraal. Von dort hat man einen tollen Blick über die Stadt.«

7. A'DAM Lookout

Willst du über den Rand eines Hochhauses schaukeln? Das kannst du auf dem A'DAM Lookout. Mit den roten Schaukeln in 100 Meter Höhe auf dem Hochhausdach schwingt man im wahrsten Sinne über die Dächer Amsterdams. Natürlich gut gesichert! Wem das zu aufregend ist, kann einfach so die tolle Aussicht vom Turm aus genießen.

»Oh ja, prima! Das machen wir!«, sagte Kim und nahm ein grasgrünes Hollandrad in Empfang. Beim Rad für Franzi musste noch die Kette gefettet werden. Dann schoben sie ihre Räder vom Hof.

»Und, was meint ihr?«, flüsterte Marie, als sie vorne auf dem Bürgersteig waren. »Ich weiß nicht«, sagte Franzi. »Er hatte ein hitziges Gespräch mit jemandem, der im Museum arbeitet. Na und? Vielleicht ist es ein Freund, der ihn versetzt hat. Und Frans machte grad einen ganz normalen Eindruck.«

Kim nickte. »Franzi hat recht«, sagte sie.

»Aber was ist mit dem Mann, der es so eilig hatte, den Laden wieder zu verlassen? Mit einem kleinen Päckchen! Bevor er in den Hinterhof eingebogen ist, hat er sich umgeschaut, ob ihm jemand folgt«, sagte Marie aufgebracht.

»Wer wird verfolgt?«, fragte jemand hinter ihnen. Sie fuhren herum. Vor ihnen stand Griet, die Pensionsbesitzerin, in einer grünen Latzhose und einer geblümten Bluse. Sie hatte einen Besen in der Hand.

»Na, ihr drei, was habt ihr vor?«

»Frans hat uns empfohlen, zum A'DAM Lookout zu fahren«, erklärte Kim.

»Oh, das ist eine tolle Idee, das wird euch gefallen!«, sagte Griet.

»Hast du zufällig den Mann in dem dunklen Mantel mit Hut gesehen? Der muss vor ein paar Minuten hier aus Frans' Hinterhof gekommen sein«, fragte Marie.

Griet überlegte, dann erinnerte sie sich. »So vor zehn Minuten? Ja, den habe ich gesehen. Wieso?«

»Kennst du den Mann?«, hakte Kim nach.

»Ja, ich habe ihn hier schon ein paar Mal gesehen. Er ist mit Hetty befreundet. Joost heißt er, denke ich.«

Die drei !!! warfen sich einen Blick zu. War das der Joost, bei dem sie gestern Poffertjes gegessen hatten? Komisch, unter seinem Hut hatten sie ihn gar nicht wiedererkannt und er schien sie auch nicht bemerkt zu haben.

»Huhu, ihr drei!«, ertönte es von der anderen Straßenseite. Hetty und Oma Agnes kamen herüber. »Ihr vier, meine ich«, lachte Oma Agnes. »Entschuldige, Griet.«

Die beiden Damen waren mit etlichen Taschen beladen. Auch Marie hob ihre Tragetaschen. »Na, wart ihr auch shoppen?«, fragte sie.

»Ein bisschen«, gestand Oma Agnes.

»Na ja, das sieht aber ganz erfolgreich aus«, meinte Kim grinsend. »Hetty, dein Freund Joost, bei dem wir gestern waren …«, begann Marie.

Doch Hetty winkte ab. »Freund, also ich weiß nicht«, sagte sie. Kim war sich sicher, dass sie wie gestern schon ein leichtes Rosé über Hettys Wangen huschen sah.

»Jedenfalls«, fuhr Marie unbeirrt fort, »kennt Joost Frans?«

»Ja klar«, antwortete Hetty. »Jeder kennt Frans. Außerdem wohnt Joost hier um die Ecke, in der Amstelstraat.«

»Aber er ist euch eben nicht entgegengekommen?«, hakte Franzi nach.

»Wir haben ihn nicht gesehen«, antwortete Oma Agnes achselzuckend.

»Habt ihr Lust auf einen *koffie* oder Tee?«, fragte Griet.

»Oh ja, gerne!«, antwortete Oma Agnes. »Ich muss mal ein bisschen sitzen.«

»Und ihr?«, fragte Griet die drei Mädchen.

»Och, wir erkunden noch ein bisschen die Gegend«, antwortete Marie.

Kapitel 8

»Es ist wirklich super hier!«

KIM

Merkwürdige Zufälle

»Was machen wir jetzt?«, fragte Franzi. »Wollen wir zu dem Aussichtsturm fahren?«
»Ihr seid ja immer noch hier.« Frans stand hinter ihnen.
»Hast du schon Feierabend?«, fragte Marie.
»Ne, ich mache nur kurz zu. Hab noch was zu erledigen«, sagte Frans, tippte sich gegen seine Mütze und ging davon.
»Ich finde, wir sollten uns in seinem Laden ein bisschen umschauen«, erklärte Marie. Sie schob ihr Fahrrad in die Einfahrt zum Hinterhof.
»Marie!«, rief Kim ihr nach. »Warte mal. Warum denkst du, dass Frans Dreck am Stecken hat?«
Marie zuckte mit den Schultern. »Ist so ein Gefühl. Er hatte Streit mit einem Sicherheitsmann des Museums, Leute holen irgendwelche Sachen bei ihm ab …«
»Das waren keine Leute, das war Joost«, sagte Kim

seufzend. »Aber, wenn du meinst, dann gehen wir deinem sensiblen Detektivspürsinn nach.«

Kim und Franzi folgten Marie in den Hinterhof und stellten ihre Fahrräder ab. Marie war schon an der Tür und drückte die Klinke herunter.

»Abgeschlossen, natürlich«, sagte sie. Sie warf einen Blick auf das Türschloss, setzte dann ihren Rucksack ab und suchte etwas darin. Kim und Franzi grinsten sich an.

»Hast du deinen ganzen Kofferinhalt in deinen Rucksack gestopft?«, fragte Franzi neckend.

»Pff«, machte Marie und zog das Dietrichset vom Boden ihres Rucksacks hervor. Sie wählte den passenden aus, steckte ihn ins Schloss, machte damit eine Vierteldrehung und das Türschloss gab ein leises »Klack« von sich.

»Das war einfach«, sagte Marie verblüfft. Sie betraten Frans' Laden-Werkstatt. Vorne waren ein Verkaufstresen, hinter dem Luftpumpen, Fahrradklingeln, Radreparatur-Sets, Reflektoren und Reifenschläuche hingen. Außerdem viele Räder für den Verleih, Verkauf oder die Reparatur. Im hinteren Bereich war direkt die Werkstatt angeschlossen.

»Dahinter geht es noch weiter«, sagte Franzi. Sie gingen durch eine Holztür am Ende der Werkstatt.

»Eine Lagerhalle«, stellte Kim fest. In der kleinen Halle lag und stand allerhand Zeug herum. Kim entdeckte Fahrradrahmen, verbogene Lenker, Kartonstapel und hohe Regale, in denen kleine und große Kartons, Geschirr, Vasen und Bücher standen.

»Hatte Lies nicht erzählt, dass Frans geschäftsmäßig ziemlich umtriebig ist?«, bemerkte Franzi erstaunt. »Das ist auf jeden Fall der Beweis dafür.«

»Kommt mal her«, rief Marie mit unterdrückter Stimme. Sie winkte die beiden zu einem Eimer, in dem zusammengerollte Papierbögen standen. Marie hatte zwei davon herausgeholt und auf dem danebenstehenden Tisch ausgerollt.

»Das sind Gebäudepläne«, erklärte Marie. Sie holte drei weitere Papierrollen und rollte sie auseinander. Dann hörten sie aus dem vorderen Bereich des Ladens ein Geräusch.

»Schnell!«, zischte Kim. Marie fotografierte die Pläne ab, bevor sie sie wieder zusammenrollte und an ihren Platz zurückstellte. Leise schlichen sie zur Tür der Lagerhalle. Kim lugte durch den Türspalt in die Werkstatt und den Laden, konnte aber nichts erkennen.

»Hier ist niemand«, flüsterte sie. Vorsichtig gingen sie durch den Laden zur Tür. Marie verschloss die

Tür wieder mit dem Dietrich. Dann klingelte ihr Handy.

»Oma Agnes«, murmelte Marie. Sie nahm den Anruf entgegen. »Oma Agnes, wir sind nebenan«, sagte sie in den Hörer. Dann lauschte sie und antwortete schließlich: »Ist gut. Bis gleich!«

An Kim und Franzi gewandt, erklärte sie: »Hetty hat von einer Freundin fünf Tickets für ein lang ausgebuchtes Open-Air-Konzert bekommen. Wir sollen in die Pension kommen und sie und Oma Agnes begleiten.«

»Na gut, wir vernachlässigen Oma Agnes ja auch ganz schön«, bemerkte Kim.

Kim wachte am nächsten Morgen auf, weil sie die Sonne an der Nase kitzelte. Sie schlug die Augen auf und sah Marie ganz nah vor sich, die sie anstarrte. Kim wedelte mit der Hand durch die Luft.

»Marie, was soll das denn?«, rief Kim. »Und warum bist *du* überhaupt schon wach?«

Sonst war es Marie, die das dröhnende Klingeln mehrerer Wecker friedlich schlummernd überhörte und nur mit Mühe geweckt werden konnte.

»Ja, Marie«, gähnte Franzi aus der anderen Zimmerecke. »Was ist los?«

»Wir haben uns gestern gar nicht mehr die Fotos der Pläne aus Frans' Werkstatt angeschaut! Mach mal Platz, Kim.« Kim zog die Beine ein und Marie ließ sich im Schneidersitz auf Kims Bett nieder. Franzi kam auch herüber. Marie hatte die Fotos auf ihrem Smartphone schon aufgerufen.

Die drei !!! beugten sich über das Display. »Ich kann nichts erkennen, ihr etwa?«, fragte Franzi, nachdem sie einige Sekunden lang schweigend auf das Display gestarrt hatten. Marie wischte weiter. Auch das nächste Foto war ein Gewirr aus Linien, Quadraten und unleserlichen Beschriftungen, fand Kim. Doch dann entdeckte sie etwas.

»Zoom da mal ran«, sagte sie und tippte auf das Display. Marie vergrößerte den Ausschnitt, auf den Kim getippt hatte. Kim nahm ihr das Handy aus der Hand und hielt es sich dicht vor das Gesicht. Es war schwer zu erkennen, weil die Schrift so klein und durch das Vergrößern unscharf geworden war.

»Rijksmuseum«, sagte Kim nach einer Weile. »Das ist das Rijksmuseum.« Sie ließ das Handy sinken.

»Du meinst, das sind Gebäudepläne des Rijksmuseums?«, fragte Marie fassungslos.

»Aber wieso hat Frans diese Pläne?«, wunderte sich auch Franzi. »Los, vielleicht finden wir auch bei den anderen Plänen heraus, welche Gebäude sie abbilden«, sagte Kim aufgeregt. Schon beim nächsten Foto wurden sie fündig.

»Ich glaub's nicht!«, rief Franzi aus. Kim und Marie blickten sich an. »Das ist das Nieuwe Museum«, sagte Marie matt.

»Das muss gar nichts heißen«, überlegte Franzi laut, als sie nach einem eiligen Frühstück die Prinsengracht entlangliefen.

»Lies hat gesagt, dass Frans auch Häuser und Wohnungen entrümpelt und die Fundstücke verkauft. Vielleicht stammen diese Pläne daher.«

»Das kann sein«, sagte Kim. »Aber merkwürdig ist es eben doch.«

»Hoffentlich ist Henk zu Hause«, sagte Marie als sie an Henks Hausboot angekommen waren.

»Henk! Hallo, Henk!«, rief Marie.

»*Hoi!*« Henk steckte seinen Kopf zur Tür der Kajüte heraus. »Ah, ihr seid's. Kommt an Deck!« Die drei sprangen auf das Hausboot.

»Genießt ihr eure Zeit in Amsterdam?«, fragte Henk. Er wischte sich die Hände an einer Schürze ab, die er umgebunden hatte. Daran klebte Mehl.

»Ja, es ist wirklich super hier!«, antwortete Kim.

»Henk, wir waren gestern bei F… ähm, in einem Antiquariat«, fiel Marie mit der Tür ins Haus. »Und da haben wir etwas Merkwürdiges gefunden.« Sie zog ihr Smartphone aus der Tasche, öffnete die Fotos und übergab es Henk.
»Wir vermuten, dass das Gebäudepläne des Nieuwe Museums und des Rijksmuseums sind«, ergänzte Franzi.
»Ja, da habt ihr recht«, sagte Henk, der einen Blick auf die abfotografierten Pläne geworfen hatte.
»Aber wie kommt so etwas in Umlauf?«, fragte Kim.
»Das ist eine gute Frage. Kein Wunder, dass Leute in Museen marschieren und wertvolle Kunstwerke stehlen, wenn man so einfach detaillierte Gebäudepläne finden kann.« Henk klang ratlos. »In welchem Antiquariat habt ihr sie denn gefunden?«
»Gibt es denn etwas Neues von den Ermittlungen?«, lenkte Marie schnell ab.
»Der Druck auf die Polizei ist enorm«, sagte Henk. »Vor allem der Faktor Zeit spielt eine Rolle. Man vermutet, dass die Skizzen außer Landes geschafft werden sollen. Post, Autoverkehr und auch Flugzeuge werden streng kontrolliert und überwacht. Aber es gibt keine Spuren. Nichts.«

»Aber man ist sich sicher, dass die Skizzen noch in Amsterdam sind?«, wollte Franzi wissen.
»Die Erfahrung zeigt, dass Diebe ihre Beute so schnell wie möglich außer Landes schaffen wollen oder so lange warten, bis sich die Situation etwas beruhigt hat«, erklärte Henk. Er seufzte. »Na ja, abwarten. Und Kuchen essen! Wollt ihr meine neuste Kreation testen? Brombeer-Cheesecake-Brownies?«
Schon bei »Cheesecake« hatte Kim »Au ja!« gerufen. Franzi und Marie schüttelten sich vor Lachen. Kim spürte, dass sie rot wurde.
»Wir haben schon echt lange nichts gegessen«, murmelte sie. Henk brachte Stühle herbei und klopfte Kim auf den Rücken. »Ein gesunder Appetit ist wichtig!«

Nach dem Kaffeeklatsch bei Henk machten sie sich auf den Weg zurück in die Bloemenstraat. »Und wir wollen Frans wirklich einfach fragen, warum diese Pläne bei ihm liegen?«, fragte Kim unsicher.
»Ja, vielleicht verrät er sich.«, sagte Marie.
»Aber das ist kein Beweis für irgendwas. Wir glauben nur, dass Frans in krumme Sachen verwickelt ist. Wir müssen dann genauer ermitteln, was das für Sachen sein könnten«, warf Franzi ein.

Frans war zurück in seiner Werkstatt. Wie üblich bimmelten die zahlreichen Glöckchen über der Tür, als sie in seine Laden-Werkstatt eintraten.
»Hallo Frans, weil du den tollen Tipp mit dem A'DAM Lookout gestern für uns hattest, wollten wir fragen, ob du uns einen guten Flohmarkt empfehlen kannst«, sagte Franzi.
»Aber natürlich!«, sagte Frans. »Der Flohmarkt in den IJ-Hallen ist der größte Flohmarkt. Aber da müsst ihr mal im Internet nachschauen, der Markt findet nur an bestimmten Terminen statt. Außerdem lohnen sich die Flohmärkte am Noordermarkt in Joordan und der Waterlooplein-Markt immer.«
»Lies hat uns erzählt, dass du auch mit gebrauchten Sachen handelst«, lenkte Kim das Gespräch in die richtige Richtung. Frans lachte.

»Ja, ich habe einige Geschäfte. Man muss flexibel bleiben. Wenn ihr möchtet, könnt ihr euch in meinem Lager umsehen. Das findet ihr hier, hinter der Werkstatt.« Er zeigte zur roten Holztür, die zum Lager führte. Kim, Franzi und Marie warteten einige Minuten und taten so, als würden sie sich umsehen. Dann schnappte sich Marie die Rollen mit den Gebäudeplänen und ging damit wieder hinaus zu Frans.

»Frans, was ist das denn?«, fragte sie mit gespieltem Erstaunen. »Das sieht ja total spannend aus!«
Frans erhob sich von dem Fahrrad, dass er gerade reparierte, und warf einen Blick auf den Plan des Nieuwe Museums, den Marie ihm aufgerollt hinhielt.

Fun Fact

Der IJ-Hallen-flohmarkt ist der größte Flohmarkt Europas.

»Das sind Blaupausen«, erklärte Frans.
»Kann es sein, dass dieser Plan das Nieuwe Museum zeigt?«, fragte Kim. Sie war gespannt, was Frans antworten würde. Der beugte sich lässig über den Plan.
»Kann schon sein. Ich habe mir diese Papiere noch nicht genau angeschaut.« Er kniete sich wieder zum Fahrrad hinunter.
Kim dachte nach. Wie konnten sie Frans nur aus der Reserve locken?
Da klingelten die Glöckchen über der Eingangstür. Joost stand im Türrahmen. Frans sprang erfreut auf. Er sagte etwas auf Niederländisch und Joost antwortete lachend. Dann zog er ein kleines Päckchen aus der Manteltasche und übergab es Frans. Der nahm es entgegen und ging in sein Lager.

»Ach hallo, ihr seid das«, rief Joost den drei !!! fröhlich entgegen. »Wie geht es euch, habt ihr eine gute Zeit?«

Bevor sie antworten konnten, kam Frans zurück. Er hielt nun seinerseits ein Päckchen in der Hand, das er Joost überreichte. Sie wechselten noch ein paar Worte, dann verabschiedete sich Joost.

Er winkte Kim, Franzi und Marie zum Abschied mit dem kleinen, in Packpapier eingeschlagenen Päckchen zu, bevor er es in seine Manteltasche gleiten ließ. Kim warf Marie und Franzi einen alarmierten Blick zu. Die beiden nickten.

»Wir lassen dich jetzt mal wieder in Ruhe, Frans«, sagte Marie beiläufig.

»Danke für deine Flohmarkttipps!«, fügte Kim hinzu und dann verließen sie den Laden.

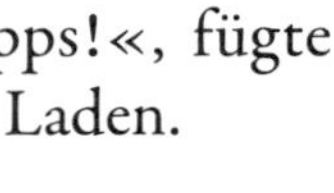

Kapitel 9

»Wir dachten, wir sind einem Verbrechen auf der Spur.«

MARIE

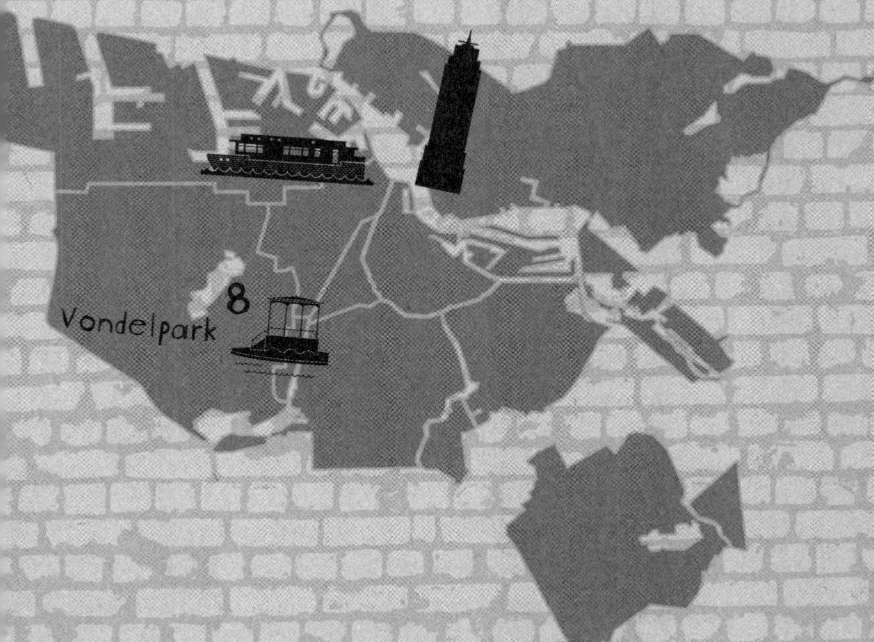

Vondelpark

»Da ist er!«, sagte Franzi leise. Joost lief die Bloemenstraat hinunter.

»Meint ihr, wir können ihm unauffällig folgen?«, fragte Kim unsicher.

»Wir müssen es zumindest versuchen«, entgegnete Marie energisch.

Also verfolgten sie Joost. Es war gar nicht so einfach, genug Abstand zu halten, sodass er sie nicht bemerkte, und ihn gleichzeitig im Getümmel der engen Straßen nicht zu verlieren.

»Uff, wo läuft er denn hin?«, wunderte sich Kim. Sie hatte aufgegeben, die Orientierung behalten zu wollen und alle Brücken zu zählen, die sie schon überquert hatten.

»Hier in der Nähe ist doch der Museumplein, oder?«, vermutete Marie.

»Da, seht mal«, rief Franzi. Joost steuerte ein hohes, schmiedeeisernes Tor an.

»Der Vondelpark!«, sagte Kim. Nun mussten sie etwas mehr Abstand halten, denn um diese Uhrzeit war der Park noch nicht besonders voll. Radfahrer und Skater fuhren an ihnen vorbei und auch einige Jogger nutzten die noch leeren Wege. Ein paar Leute waren mit ihren Hunden unterwegs und junge Eltern mit kleinen Kindern auf Laufrädern. Auf den Wiesen picknickten Studenten oder lagen in der Sonne und lasen. Joost ging den breiten, von Bäumen gesäumten Weg schnurstracks entlang, ohne auf die Blumen, die Bachläufe oder die anderen Leute zu achten.

8. Vondelpark

Der Vondelpark ist eine große grüne Oase in Amsterdam. Auf den breiten Alleen kann man Rad fahren, Skateboard fahren, spazieren gehen oder joggen. Die Wiesen laden zum Picknicken ein. Der Park ist zwei Kilometer lang, und wer es ruhiger mag, sollte sich in seiner hinteren Hälfte aufhalten.

»Wo will er hin?«, zischte Marie.
»Der Park muss doch bald mal zu Ende sein?«, wunderte sich Kim.
Franzi hielt ihre Freundinnen zurück. »Da! Jemand scheint auf ihn zu warten!«
Joost lief auf eine Frau zu, die mit dem Rücken zu ihm stand und ein Blumenbeet betrachtete. Als Joost sie erreichte, drehte sie sich um.
»Das gibt es doch nicht!«, entfuhr es Kim. Sie spürte, wie Marie und Franzi neben ihr erstarrten. Joost umarmte Hetty, die sich sichtlich freute, ihn zu sehen. Kim wurde heiß und kalt. Bedeutete das etwa, dass Hetty mit Joost und Frans unter einer Decke steckte? Aber bei was?
»Er gibt ihr das Paket«, zischte Franzi.
»Zugriff!«, rief Marie. Die drei stürmten hinter der Hecke, ihrem Versteck, hervor. Hetty und Joost schraken auf.
»Mädchen!«, rief Hetty überrascht. »Was macht ihr denn hier?« Sie trat einen Schritt von Joost zurück.
»Warum so stürmisch?« Joost lächelte schief.
»Was ist in dem Paket?«, fragte Franzi bestimmt. Joost und Hetty blickten das Päckchen an, das Hetty nun in den Händen hielt.

»Das ist ein Geschenk für Hetty.« Joost runzelte die Stirn. »Warum wollt ihr das wissen?«
»Wir haben den dringenden Verdacht, dass du, Joost, mit Frans bei einer kriminellen Sache unter einer Decke steckst«, sagte Marie ernst.
»Marie, da habt ihr etwas falsch verstanden!«, sagte Hetty sanft.
»Und was ist dann in dem Päckchen? Steckst du etwa auch mit drin?«, fragte Kim. Sie war fassungslos. In ihr arbeitete es. Was wurde hier gespielt? Oder war das alles nur ein riesengroßes Missverständnis?
Hetty und Joost blickten verwirrt zwischen den dreien hin und her. Dann seufzte Hetty. Sie löste die Kordel, die das braune Packpapier zusammenhielt, und schlug das Paket auf. Sie blickte hinein und warf Joost einen dankbaren Blick zu. Dann hielt sie es Kim, Franzi und Marie hin. Sie beugten sich darüber.
Kim blinzelte. Sie schaute Franzi und Marie an, die ihren Blick ratlos erwiderten. Dann blinzelte Kim noch mal und blickte wieder in das Päckchen. Dort lagen drei trockene, runzlige … »Zwiebeln?!«, fragten die drei !!! wie aus einem Mund.
Hetty und Joost lachten vergnügt auf. »Blumenzwiebeln«, sagte Hetty. »Also genauer gesagt: Tulpenzwiebeln.«

Fun Fact

Wegen Tulpenzwiebeln kam es um 1637 zum ersten Börsencrash der Geschichte: Einzelne Tulpenzwiebeln wurden zu so hohen Summen gehandelt, von denen man sich heute ein Haus an einer Amsterdamer Gracht kaufen könnte. Dann flachte das Interesse an Tulpenzwiebeln plötzlich ab und niemand wollte sie mehr kaufen. Viele Leute hatten ihr gesamtes Vermögen in die Tulpenzwiebeln investiert und waren nun pleite.

»Hä?!« Kim verstand nun gar nichts mehr.
»Und dafür trefft ihr euch in der hintersten Ecke des Parks?«, fragte Marie entgeistert. »Und was hat Frans damit zu tun?«
»Also, der Treffpunkt hat in diesem Fall romantische Gründe«, erklärte Joost und warf Hetty einen warmen Blick zu. Kim fühlte sich, als sei ihr das

Herz vor Schreck in die Hose gerutscht, und dann machte es einen Freudensprung zurück an seinen richtigen Platz.

Sie hatten Hetty und Joost bei einem Date gestört! Wie peinlich, dachte Kim. Aber auch unglaublich süß. Kim sah Marie und Franzi an, dass sie dasselbe dachten, und musste grinsen.

»Und auch das Geschenk hat, um ehrlich zu sein, romantische Gründe«, fuhr Joost fort.

Hetty warf einen verlegenen Blick auf die Tulpenzwiebeln, die immer noch in dem aufgeschlagenen Packpapier in ihren Händen lagen.

»Bevor ich das Café hatte, war ich Pflanzenhändler an der Blumenbörse hier in Amsterdam. Pflanzen sind immer noch meine Leidenschaft: ich sammle seltene und historische Tulpen. Weil ich weiß, dass Hetty Blumen auch sehr liebt und diese drei Tulpensorten perfekt zu den anderen Pflanzen auf ihrer Dachterrasse passen, wollte ich sie ihr schenken. Und weil ich Hetty noch viel lieber habe als historische Tulpenzwiebeln.«

Wieder huschte das Rosa über Hettys Wagen, dass Kim schon öfter bei ihr gesehen hatte, wenn Hetty Joost begegnete. Doch dieses Mal blieben ihre Wangen rosa.

»Oh«, machte Franzi betreten. »Und Frans hat dir die Tulpenzwiebeln …«
»Besorgt, ja. Wenn man etwas Spezielles braucht, seien es Antiquitäten, besondere Fahrräder oder besondere Tulpenzwiebeln – Frans weiß, wo man das bekommen kann«, sagte Joost verschmitzt.
Marie rieb sich die Stirn. »Entschuldigt bitte, das ist uns mega peinlich. Wirklich.« Franzi und Kim nickten betreten. »Ja, wir lassen euch dann mal wieder allein«, sagte Kim.

Den gesamten Heimweg sprachen sie kaum ein Wort. Vor der Pension saßen Agnes, Griet und Lies in der Abendsonne und tranken Limo.
»Was macht ihr denn für ein Gesicht?«, rief Lies ihnen entgegen.
»Um Himmels willen, ist euch etwas passiert?«, Oma Agnes wollte aufspringen, doch Marie winkte matt ab.
»Alles in Ordnung, Oma«, sagte sie und ließ sich auf einen der freien Stühle fallen.
Lies blickte die drei mit weit aufgerissenen Augen an. »Jetzt sagt schon!«
Kim seufzte. »Uns ist etwas Peinliches passiert.«
»Richtig peinlich«, bestätigte Franzi.

Lies machte eine ungeduldige Handbewegung.
»Also«, begann Marie. »Wir dachten, wir sind einem Verbrechen auf der Spur. Wir hatten Joost und Frans in Verdacht, in irgendein krummes Ding verwickelt zu sein.«
»Aber die beiden doch nicht!«, rief Griet entrüstet.
»Sie haben sich wirklich auffällig verhalten«, verteidigte Kim ihre Detektivarbeit. »Wir haben Joost beschattet. Wir sind ihm von hier bis einmal durch den Vondelpark gefolgt.«

Fun Fact

Vor den Toren Amsterdams in Aalsmeer ist die größte Blumenbörse der Welt. 60 % aller Blumen weltweit werden hier gehandelt. Das sind 21 Millionen Schnittblumen und drei Millionen Topfpflanzen pro Tag.

Marie fuhr fort: »Und dort dachten wir, dass Joost Diebesgut oder Hehlerware übergeben will. Dabei hat er drei seltene Tulpenzwiebeln als Zeichen seiner Liebe verschenkt. An Hetty.«

Agnes und Griet sprangen jubelnd auf und fielen sich in die Arme. »Wusste ich es doch«, freute sich Lies und stieß ihre Faust in die Luft.

Kim, Franzi und Marie blickten ratlos auf den ausgelassenen Jubel der drei. »Sorry, ich unterbreche euch nur ungern«, sagte Franzi vorsichtig. »Aber: Was ist los?«

Griet lachte und setzte sich wieder. »Hetty und Joost sind schon ewig ineinander verliebt!«

»Aber sie haben sich nicht getraut, einander das zu gestehen«, erzählte Oma Agnes. »Und Hetty dachte, sie sei zu alt für einen neuen Partner. So ein Quatsch!«

»Ja, das ist wirklich Quatsch«, fand auch Kim.

»Und jetzt haben sie endlich zueinandergefunden, so wie es aussieht«, sagte Griet zufrieden.

Marie seufzte verzückt: »Das ist so süß, ich glaube, mein Herz platzt gleich.«

Lies holte ein neues Tablett mit drei Gläsern Limo aus der Pension. Sie verteilte die Gläser und dann stießen sie miteinander an. »Auf Hetty und Joost! Liebe kennt kein Alter!«

Geheimes Tagebuch von Kim Jülich
Freitag, 22:47 Uhr
Finger weg oder ich befehle Amor, euch mit Pfeilen zu beschießen!
Ich freue mich so für Hetty und Joost! Aber jetzt, wo ich in Ruhe im Bett liege, spüre ich so zwischen Herz und Magen, dass ich mich immer noch schäme. Hätten wir uns heute nicht einfach einen netten Amsterdam-Tag machen können? Schließlich fahren wir übermorgen schon wieder nach Hause. Stattdessen glauben wir, wir haben einen Fall, und rennen dem armen Joost durch die halbe Stadt hinterher.
Na ja, immerhin war es trotzdem ein superschöner Tag: Das gemütliche Kaffeetrinken bei Henk auf dem Hausboot, wir haben den gesamten Vondelpark gesehen und hatten einen total netten Abend vor der Pension mit Griet, Lies und Oma Agnes. Ich habe mich schon richtig an alle hier gewöhnt, das Abschiednehmen wird mir wahnsinnig schwerfallen. Ich will lieber noch nicht daran denken, damit ich den Tag morgen und den halben Sonntag noch richtig genießen kann.

Detektivtagebuch von Kim Jülich
Freitag, 23:11 Uhr
Vielleicht brauchen wir einfach Urlaub. An jeder Ecke wittern wir einen Fall. Und was ist? Wir stören bloß turtelnde Senioren! Also wirklich. Allerdings ist nicht von der Hand zu weisen, dass es gewisse Indizien gibt, die Frans verdächtig machen. Er hat seine Finger in zahlreichen Geschäften drin, kennt jeden, hatte am Tag des Raubüberfalls Streit mit einem Sicherheitsmann des Museums und in seinem Lager befinden sich Gebäudepläne von Amsterdam! Na ja, wahrscheinlich ist das alles total harmlos. Wir haben trotzdem versucht, herauszufinden, wer der Mann war, mit dem Frans Streit hatte. Aber auf der Homepage des Museums sind nicht alle Mitarbeitenden mit Bild aufgelistet und es geht dort natürlich auch niemand ans Telefon. Als wir vorhin noch draußen vor der Pension saßen, hielt Frans mit einem Kleinlaster vor der Einfahrt zu seinem Laden. Die Großlieferung Fahrräder wird morgen abgeholt und verschifft, hat er uns fröhlich erklärt. Bestimmt ist er einfach nur sehr umtriebig.
Die drei !!! melden sich ab. Over and out.

Kapitel 10

»Wir machen uns heute einen richtig schönen Tag!«

MARIE

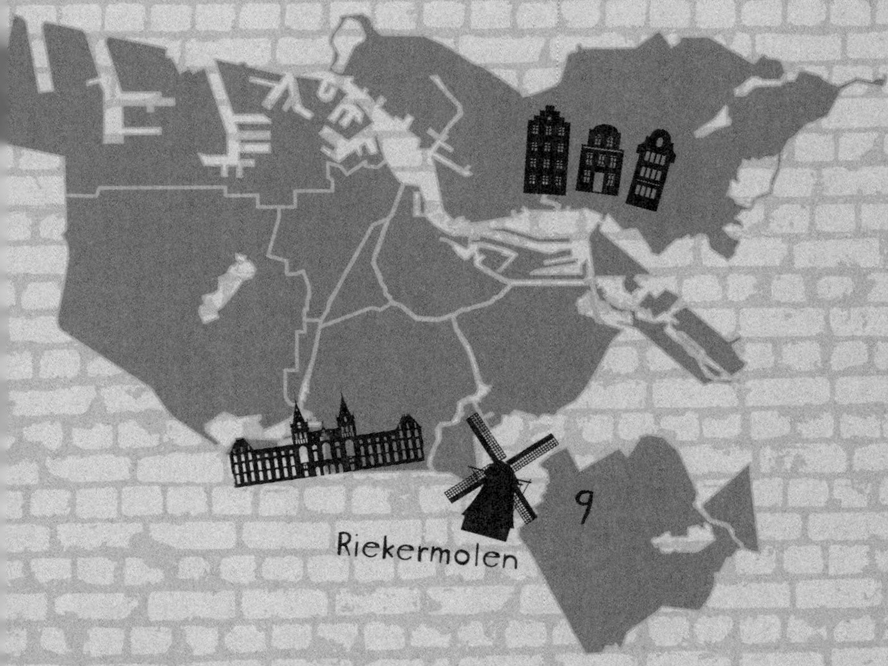

Der Flohmarktfund

»Ich habe eine neue Spur für euch Detektivinnen«, sagte Lies beim Frühstück. »In der Zeitung wird heute auf mehreren Seiten von dem Kunstraub berichtet. Vor etwa 25 Jahren wurden schon mal Gemälde aus dem Depot eines Museums in Amsterdam und zwei Wochen später in Rotterdam gestohlen.«

»Gibt es Parallelen zum aktuellen Kunstraub?«, hakte Kim nach und ließ ihr mit Hagelslag belegtes Brötchen sinken.

»Der Täter hat die Bilder kurz vor dem Beginn einer neuen Ausstellung gestohlen. Und hat auch mitten am Tag zugeschlagen.«

»Wurde er gefasst?«, fragte Franzi gespannt.

»Vor 15 Jahren. Zehn Jahre nach der Tat. Das war ein spektakulärer Prozess hier in Amsterdam«, berichtete Griet, die sich nun daran zu erinnern schien.

»Und wie hieß der Mann?«, wollte Kim wissen.

»Merten van de Berg.«

Marie hatte bereits ihr Smartphone gezückt. »Der kann nichts mit unserem Fall zu tun haben«, sagte sie nach ein paar Klicks. »Er ist schon vor ein paar Jahren verstorben.«

»Okay, also gibt es keine Spur mehr, der wir folgen können«, fasste Kim entschlossen zusammen. »Dann reicht es jetzt. Die drei !!! brauchen Urlaub!«

»Also, wollen wir zuerst auf den Flohmarkt oder zuerst zu dieser Werft?«, fragte Franzi, als sie nach dem Frühstück die Pension verließen.

Heute war ihr letzter kompletter Tag in Amsterdam und der sollte bestmöglich ausgenutzt werden. Auf dem Programm stand ein Besuch auf einem der Flohmärkte, die ihnen Frans empfohlen hatte. Und Griet hatte ihnen von einem umgebauten Gelände im Amsterdamer Hafen erzählt. In den alten Werfthallen waren nun Cafés, Ateliers und besondere kleine Läden untergebracht. Marie setzte ihre Sonnenbrille auf.

»Ich würde sagen, wir gehen zuerst zum Noordermarkt-Flohmarkt und dann zur NDSM-Werft. So entgehen uns keine Schnäppchen auf dem Flohmarkt.«

Kim war alles recht. Sie hatte sich für heute bloß vorgenommen, den Tag zu genießen und so viel

Fun Fact

Eine Nacht hoch oben über der Stadt? Auf dem Gelände der NDSM-Werft gibt es ein Hotel in einem Kran. Die höchste Suite liegt 45 Meter hoch.

Amsterdam wie möglich einzusaugen, bevor es morgen wieder nach Hause und am Montag in die Schule ging. Sie seufzte.

»Kim, was ist los?«, fragte Franzi und legte ihren Arm um Kims Schulter.

»Ich bin traurig, dass wir morgen schon zurückfahren«, gab Kim zu.

»Aber wir machen uns heute noch einen richtig schönen Tag!«, rief Marie. Sie hakte sich auf der anderen Seite bei Kim unter und machte sich ganz schwer. Kim kippte fast um.

»Hey!«, rief sie lachend und schüttelte Marie ab.

»Ist euch eigentlich aufgefallen, dass wir jetzt fast eine Woche in den Niederlanden waren und keine Windmühle gesehen haben?«, fragte Franzi.

»Stimmt, wir müssen noch mal herkommen«, beschloss Marie.

»Ich habe gelesen, dass es sogar hier in Amsterdam welche gibt ... Im Amstelpark, glaube ich«, fiel Kim ein.

»Das schaffen wir heute nicht mehr. Wir müssen wirklich wiederkommen. Überhaupt nicht schade«, sagte Marie fröhlich.

9. Riekermolen

Im Amstelpark im Amsterdamer Süden kannst du die Riekermolen besichtigen. Inzwischen gibt es in den Niederlanden gar nicht mehr so viele Windmühlen. Denn ihre ursprünglichen Aufgaben wie Mehl mahlen, Sägen antreiben, Lumpen für die Papierherstellung zerkleinern, Leinsamen für die Ölgewinnung zermahlen oder das Trockenlegen der meist feuchten Wiesen der Niederlanden sind nicht mehr notwendig oder werden jetzt von elektrischen Maschinen erledigt.

Der Noordermarkt lag im Stadtteil Jordaan und war umgeben von kleinen Backsteinhäusern, die mit Blauregen bewachsen war, der in hellblau-violetten Trauben blühte und alles noch ein bisschen hübscher aussehen ließ, fand Kim. Vor den Cafés, die den Markt säumten, saßen zahlreiche Menschen in der Sonne. Am Samstag war der Markt besonders groß.

Frans hatte ihnen erzählt, dass es hier montags vor allem Secondhand-Kleidung, Trödel und Selbstgemachtes gab. Samstags kamen mehr Besucher und der Flohmarkt teilte sich den Noordermarkt mit einem Bauernmarkt.

Marie hielt nach coolen Vintage-Klamotten Ausschau, während Franzi auf ein schlichtes, selbst gemachtes Armband einer kleinen lokalen Werkstatt hoffte. Kim wollte sich vielleicht ein schönes Notizbuch kaufen, falls sie eines fände.

»Wollen wir einfach mal jede Reihe entlangschlendern?«, schlug sie vor. »Dann sehen wir alles.«

Franzi und Marie waren einverstanden. Doch das war leichter gesagt als getan. Kim wusste gar nicht, wohin sie schauen sollte, sie wollte am liebsten alles gleichzeitig sehen:

Die Leute, die fast ausnahmslos total modisch

gekleidet waren, egal welches Alter sie hatten. Die Standbetreiber, die Bekannte grüßten und lautstark ihre Ware anboten. Den Imker, der ein Bienenvolk in einem Schaukasten dabeihatte und Blütenhonig verkaufte. Die schönen und kuriosen Dinge auf den Tischen der Flohmarktverkäufer.

Das Lachen und die Stimmen der Menschen vermischten sich mit Musik und dem Bimmeln von Fahrradklingeln. Es roch nach Räucherstäbchen, Poffertjes, Erdbeeren und Pommes. Kim schloss die Augen.

»Kim, warte mal!«, rief Marie. Kim öffnete überrascht die Augen. Sie hatte sich mit der Menge treiben lassen und gar nicht bemerkt, dass Franzi und Marie stehen geblieben waren. Marie strich über einen Teppich in allen möglichen Rosa-Schattierungen.

»*It's handmade*«, erklärte die junge Frau hinter dem Tisch, auf dem sich geknüpfte Teppiche stapelten.

»Der ist echt schön!«, sagte Kim.

»Ah, ihr sprecht Deutsch«, sagte die Verkäuferin lachend. »Ich mache die Teppiche selbst aus Stoffresten aus der Kleiderherstellung.«

»Das ist ja spannend!«, fand Franzi. Marie wog den Teppich in den Händen.

»Wie soll ich den im Zug nach Hause transportieren?« Sie versuchte, den Teppich hochzuheben.
»Vielleicht gerollt in einer großen Tragetasche?«, überlegte Kim.
»Aber woher soll Marie denn eine so große Tragetasche bekommen?«, warf Franzi ein.
Marie seufzte. »Ihr habt recht. Ich kann den leider nicht mitnehmen.«
»Weißt du was?« Die Verkäuferin gab Marie eine Visitenkarte. »Ich räume den Teppich gleich nach ganz unten, dann ist er schwerer zu sehen. Und du mailst mir, wenn du ihn wirklich haben möchtest, und ich schicke ihn dir nach Hause.«
Marie machte einen Luftsprung. »Das ist ja nett! Vielen lieben Dank!« Sie winkten zum Abschied und gingen weiter.
Bald schon fand Franzi ein aus dünnen Lederbändern geflochtenes Armband, auf das drei feine Glasperlen aufgereiht waren. Franzi legte es sofort um.
Marie probierte an fast jedem Stand, an dem es Secondhand-Kleidung gab, etwas an. Bald schon hatte sie einen Sonnenhut, eine knielange Weste aus fließendem Stoff, drei Paar geringelte Strumpfhosen und ein bodenlanges, geblümtes Kleid gekauft.

»Gut, dass du dir so viele Stoffbeutel eingepackt hast«, meinte Kim grinsend, als Marie ihre Schätze verstaute.
»Vorbereitung ist alles«, ächzte Marie. Sie versuchte alles in eine Tasche zu stopfen.
»Jetzt braucht Kim nur noch ihr Notizbuch und dann hatten wir doch schon einen sehr netten und erfolgreichen Vormittag«, stellte Franzi fest.
»Das Notizbuch ist nicht soo wichtig«, erwiderte Kim. »Aber ich könnte bald ein zweites Frühstück vertragen.«
Marie richtete sich auf. »Da war doch vorhin so ein ganz entzückendes Café – seht mal, da ist Henk!«
Henk stand an einem Flohmarktstand und plauderte mit dem Verkäufer. Sie winkten ihm ausgelassen, doch er schaute nicht auf. Also gingen sie zu ihm. Henk freute sich, die drei zu sehen.
»Amsterdam ist echt klein, was?«, lachte er. »An jeder Ecke trifft man Bekannte.«
Kim freute sich, dass sie in Amsterdam schon Bekannte hatten. Sie zeigten Henk ihre Flohmarktausbeute. Henk hatte noch nichts gefunden.
»Ich suche etwas sehr Spezielles«, erklärte er ihnen. »Ein altes Steuerrad. Für das Hausboot, wisst ihr.«

»Wir können ja auch mal danach Ausschau halten«, versprach Franzi. »Gibt es denn etwas Neues vom Kunstraub?«

Henk seufzte. »Nichts. Immer noch nichts. Klar ist mittlerweile, dass da Profis am Werk waren und sie sich bestens im Museum ausgekannt haben.«

»Die Museumsmitarbeiter wurden genau überprüft, oder?«, vergewisserte sich Kim. Sie dachte an den Sicherheitsmitarbeiter, mit dem Frans in der Stadt Streit hatte … Aber das war Quatsch. Ein dummer Zufall. Mehr nicht. Sie schüttelte den Kopf, als wollte sie eine Fliege verscheuchen.

»Ja, klar. Die wurden alle intensiv befragt. Auch alle ehemaligen Mitarbeiter. Das hat nichts ergeben. Die Zeit wird langsam eng, so lange kann die Polizei nicht mehr mit dieser Personalstärke Autos, Fluggepäck und Pakete durchsuchen.«

»Dann sind die Skizzen für immer verloren?«, fragte Marie.

Henk zuckte mit den Schultern. »Manchmal taucht gestohlene Kunst Jahre später bei Auktionen auf. Dann ist die Provenienz, also die Herkunft und die letzten Besitzer, meistens sehr gut verschleiert. Oder die Leute, in deren Auftrag die Versteigerung stattfindet, gibt es gar nicht.«

»Das ist echt schade um die Skizzen, aber irgendwie auch total spannend«, sagte Franzi.
»Eigentlich schon«, stimmte Henk zu. »Vor allem, wenn man die Täter schnappt. Sehen wir uns vor eurer Abreise noch mal?«
»Wir kommen morgen Vormittag nochmal mit Lies vorbei«, versprach Marie. Sie verabschiedeten sich von Henk und schlenderten in entgegengesetzter Richtung weiter. Kim und Franzi unterhielten sich angeregt darüber, wie es wäre, wenn in 20 Jahren die Skizzen bei einem Auktionshaus auftauchten.
»Das ist Stoff für einen Krimi!«, sagte Kim begeistert.
»Wo ist eigentlich Marie?«, fragte Franzi plötzlich. Sie schauten sich um.
»Da!«, rief Kim. Franzi und sie liefen ein paar Stände zurück. Da stand Marie vor einem Flohmarktstand, der Elektrogeräte, Maschinen für Handwerker, undefinierbare Elektroteile und Fahrräder oder eher Teile davon verkaufte.
Kim versuchte zu entdecken, was Marie wohl an diesem Stand so fesselte. »Marie, hast du hier ein Steuerrad für Henks Hausboot entdeckt?«, fragte sie. Doch Marie blickte wie erstarrt ein Fahrrad an, das keinen Sattel mehr hatte. Stattdessen steckte ein

Plastikblumenstrauß im hohlen Rahmen des Fahrrads. »Marie, was ist denn los?«, fragte Franzi und berührte Maries linken Arm behutsam.

»Frans«, flüsterte Marie. »Es war Frans.«

Kapitel 11

»Die schnappen wir uns!«

KIM

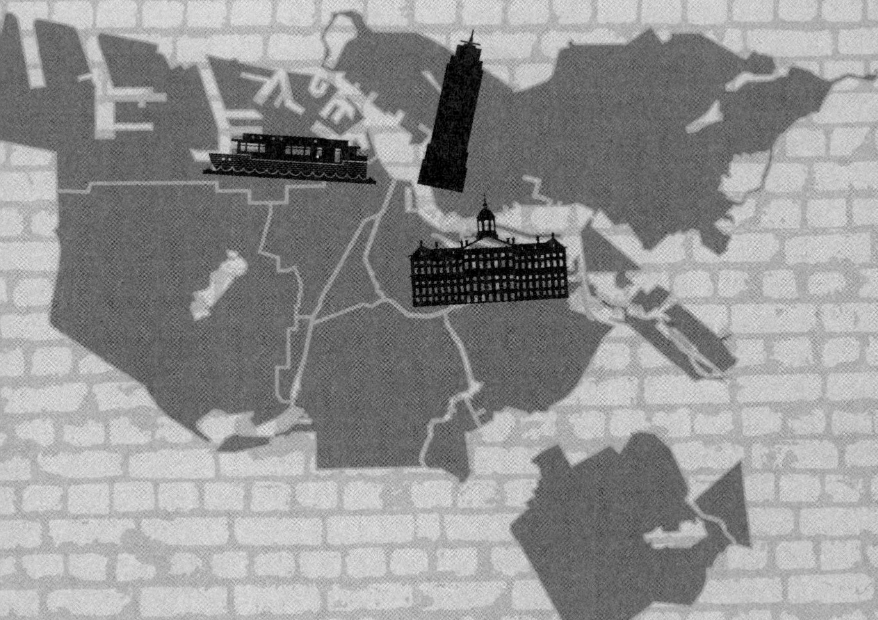

Der ganz große Coup

»Wie bitte?«, fragte Kim ungläubig. Sie verstand nicht, was los war. Ging es Marie schlecht? Sie war ganz blass und wandte die Augen nun von dem Fahrrad ab, das sie taxiert hatte.

»Wenn man den Sattel herausnimmt, ist der Fahrradrahmen hohl«, sagte sie ruhig.

Franzi schaute Kim mit gerunzelter Stirn an. »Ja. Und?« Marie verdrehte die Augen. »Wisst ihr noch, an unserem ersten Tag hier in Amsterdam. Als mir das Fahrrad umgefallen ist. Da ist der Sattel auch aus dem Rahmen gefallen, weil er nicht richtig festgeschraubt war. Und ein zusammengerolltes Stück Papier fiel heraus. Aus einem Fahrrad, das wir von Frans geliehen hatten.«

Kim hatte das Gefühl, als würde ihr der Boden unter den Füßen weggezogen. Sie schnappte nach Luft. »Er hat geübt! Er hat den Schmuggel der Skizzen geübt. Und wir haben das zufällig mitbekommen.«

»Wir konnten das natürlich nicht deuten«, sagte Franzi monoton.
Kim hatte den ersten Schock abgeschüttelt. Sie dachte nach. »Aber Leute: Das sind alles immer noch Indizien, die Zufälle sein können. Was haben wir denn? Wir haben einen Streit mit einem Sicherheitsmitarbeiter des Museums beobachtet. Henk sagt, es sind alle Mitarbeitenden befragt worden. Wir haben die Gebäudepläne bei Frans gefunden – die können aus einer Entrümpelung oder sonst woher stammen. Das Papier im Fahrrad kann schon dort gewesen sein, als Frans das Rad gebraucht gekauft hat.«
Franzi wiegte nachdenklich den Kopf, Marie ließ die Arme hängen. Doch dann rief sie: »Die Großbestellung!«
»Hä?«, machten Kim und Franzi.
»Frans erzählt uns seit Tagen, dass er eine Großbestellung für Fahrräder bekommen hat. Die sollen heute auf ein Containerschiff verschifft werden.«
»Ja ... Und?«, fragte Franzi unwirsch.
»Glaubst du, der Zoll, die Polizei, die Küstenwache oder wer da auch immer verantwortlich ist, wird einen Lastwagen oder einen Container voller Fahrräder röntgen, weil dort die Skizzen versteckt sein

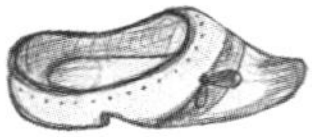

könnten?« Marie atmete schwer. »Das ist das perfekte Versteck!«, rief sie.

Ein paar Leute drehten sich erschrocken um.

Kim fühlte sich, als sei sie Zuschauerin in einem Film. Sie konnte sich nicht bewegen. Wenn *das* wirklich stimmte ... Franzi nickte entschlossen und drehte sich suchend um. »Wollen wir das Henk sagen?«

»Gute Idee!«, fand Marie. Kim schaffte es, sich wieder zu bewegen. Ihr Kopf kribbelte. »Wir teilen uns auf und treffen uns in fünf Minuten da vorne an der Kirche. Wer Henk findet, bringt ihn mit!«, sagte Franzi. Kim war froh, dass jemand das Kommando übernahm. Was hier grad passierte, musste sie erst mal verarbeiten. Die drei nickten sich zu und trennten sich.

Nach wenigen Schritten blieb Kim stehen. Sie drehte sich um und rief: »Wartet mal!« Franzi, Marie und ein paar andere Leute drehten sich zu ihr um. »Wir erregen hier ganz schön Aufsehen«, murmelte Kim und winkte ihre Freundinnen zu sich. »Das ist eine große Sache, die wir hier womöglich aufdecken«, erklärte sie feierlich. Dann streckte sie ihre Hand aus und nickte Marie und Franzi fest entschlossen zu.

Franzi und Marie grinsten, streckten ihre Hände aus und legten sie auf Kims Hand.
Kim sagte: »Eins.«
Franzi sagte: »Zwei.«
Und Marie sagte: »Drei.«
Dann warfen sie ihre Hände in die Luft und riefen gemeinsam: »Power!!!«
Kim spürte, wie das Kribbeln nun durch ihren ganzen Körper floss. Es lähmte sie nun nicht mehr, sondern gab ihr Kraft.
»Los!«, rief sie und die drei trennten sich, um Henk zu suchen. Kim hastete durch die Reihen, drängte sich zwischen Leuten hindurch und rief mehrfach: »Entschuldigung! Sorry! Pardon!« Sie schaute nach links, rechts, hinter sich und einfach überall. Doch sie konnte Henk nicht finden. Hoffentlich hatten Franzi oder Marie mehr Erfolg. Doch als Kim die Kirche erreichte, standen ihre Freundinnen schon da – ohne Henk.
»Wo ist er denn so schnell hin?«, fragte Kim matt.
»Dann müssen wir das selbst in die Hand nehmen«, sagte Marie entschlossen. »Wir müssen zurück in die Bloemenstraat, vielleicht ist Frans dort. Dann konfrontieren wir ihn mit unserem Verdacht.«

Es war nicht weit zur Pension, also rannten sie, so schnell sie konnten, um Frans in seiner Werkstatt zu erwischen. »Glück gehabt!«, japste Kim, als sie in der Einfahrt zum Hinterhof zum Stehen kamen. Auf dem Bürgersteig stand der weiße Transporter. Marie ging zur Hecktür und rüttelte am Griff, mit dem sie zu öffnen war.

»Natürlich abgeschlossen«, erklärte sie. In der Werkstatt brannte Licht und die Tür zum Hof war geöffnet.

»Kurz Luft holen«, bat Kim. Nur Sportskanone Franzi wirkte so frisch, als sei sie eben von einem Nickerchen aufgestanden.

»Okay, jetzt«, sagte Kim, als sie wieder normal atmen konnte. Sie drückten sich an der Wand der Einfahrt entlang, huschten hinter einen Müllcontainer und konnten von dort durch die große Fensterfront in die Laden-Werkstatt schauen.

»Da ist er«, flüsterte Kim. »Er telefoniert.« Frans hielt sich ein Telefon ans Ohr und lief im Laden auf und ab. Er redete laut und gestikulierte dabei.

»Schade, dass wir ihn nicht verstehen können«, ärgerte sich Marie.

»Hat er gerade *ship* und *haven* gesagt oder wollte ich das hören?«, wisperte Kim und lauschte weiter angestrengt.

»Er notiert sich etwas«, berichtete Franzi, die dem Fenster am nächsten war. Dann konnten sie ihn nicht mehr hören. Stattdessen hörten sie wenige Augenblicke später wie ein Schlüssel zweimal im Türschloss umgedreht wurde und sich jemand mit schnellen Schritten entfernte. Marie gab die Deckung auf und schaute hinter dem Container hervor.
»Das war Frans«, erklärte sie. »Er ist weg.«
»Lasst uns nachschauen, ob wir die Notiz finden«, schlug Kim vor. Marie öffnete das Schloss abermals mit dem Dietrich. Auf dem Tresen lagen ein paar kleine Schreibblöcke und lose Zettel, aber eine Notiz war nicht zu sehen.

»Mist«, schimpfte Franzi. Kim schaute sich die Blöcke genauer an. »Wartet mal«, murmelte sie. Sie hob einen der Notizzettel hoch und hielt ihn schräg gegen das Licht und neigte ihn leicht nach vorne und nach hinten.
»Liegt hier irgendwo ein Bleistift?«, fragte Kim dann. Marie und Franzi sahen sich um. »Ich sehe keinen«, sagte Marie. Franzi öffnete eine Schublade unter dem Tresen und reichte Kim einen Bleistiftstummel. Kim hielt ihn schräg und schraffierte damit über den Zettel. Nach einer Weile sagte sie: »Da haben wir's!«, und klopfte mit der flachen

Hand auf den Zettel. Franzi und Marie beugten sich darüber.

»Kim, du bist ein Genie!«, sagte Franzi anerkennend. Kim nickte stolz. Die Schrift von Frans hatte durch das oberste Blatt durchgedrückt, das Frans abgerissen hatte. Der Bleistift hatte den Notizzettel grau gefärbt, aber die Vertiefungen, die Frans Stift hinterlassen hatten, waren weiß geblieben.

»*Westhafen, OBA ZUID, 14:00*«, las Kim vor.

»Was bedeutet das?«, fragte Marie verwirrt.

Kim und Franzi schwiegen. Nach einer Weile sagte Kim: »Wenn wir wirklich davon ausgehen, dass die Skizzen heute mit den Fahrrädern auf ein Schiff geladen werden, dann ist das vielleicht eine Info zur Abfahrtszeit. Also habe ich mich vorhin doch nicht verhört, als ich *ship* und *haven* verstanden habe.«

»Wollen wir nachsehen, ob Lies zu Hause ist? Vielleicht hat sie eine Idee.«

Die drei !!! eilten hinüber zur Pension. Im Foyer und im Büro war niemand. Also gingen sie an der Treppe, die in die oberen Geschosse führte, vorbei zur Tür der Wohnung von Lies und Griet. Kim klopfte. Drinnen waren Schritte zu hören und dann stand Lies vor ihnen.

»Hi, wolltet ihr heute nicht zum Flohmarkt und zur NDSM-Werft?«, fragte sie überrascht. »Doch schon, aber wir brauchen deine Hilfe«, flüsterte Kim.

»Ist was passiert?«, fragte Lies besorgt.

»Kann man so sagen«, antwortete Kim. »Kannst du eben mit rauskommen?«

»Klar«, nickte Lies. Über die Schulter rief sie Griet etwas zu. Dann schnappte sie sich eine Jacke und ihren Schlüssel von der Garderobe und folgte Kim, Franzi und Marie ins Foyer der Pension. Knapp brachten sie Lies auf den Stand der Dinge.

»Ich kann das nicht glauben«, sagte sie mehrmals und schüttelte so heftig den Kopf, dass ihre Ohrhänger unablässig wackelten.

»Und jetzt haben wir diese Notiz abgepaust«, erklärte Franzi schließlich. »Sagt dir diese Abkürzung etwas? Ist das vielleicht ein Kai am Hafen?« Lies schaute sich die Notiz an.

»Kann schon sein«, sagte sie. »Habt ihr schon im Internet geguckt?«

»Ähm, nein«, gab Kim kleinlaut zu.

»Stehen die Abfahrtszeiten der Schiffe im Internet? Wie bei Zügen und Bussen?«, wunderte sich Marie, während Kim die Buchstabenfolge in das Suchfeld eintippte.

»Der Amerika-Kai könnte das sein«, sagte Kim. Lies nickte. »Dachte ich mir. Wisst ihr was, ich rufe beim Hafenamt an.« Sie zückte ihr Handy, tippte darauf herum und hielt es sich dann ans Ohr.

»Ja, hallo«, sagte sie in den Hörer. Kim, Franzi und Marie lauschten gespannt, auch wenn sie gar nichts verstehen konnten, weil Lies Niederländisch sprach. Schließlich sagte Lies: »*Okay, dank u wel. Doei!*« Sie ließ das Handy sinken. »Um 14 Uhr legt ein Schiff vom Amerika-Kai ab. Und es ist ein Container mit Fahrrädern angemeldet.«

»Der Transporter steht noch draußen«, sagte Kim.

»Dann nichts wie los!«, sagte Lies. Sie stürmten aus der Pension und liefen dort Frans in die Arme. Der beachtete sie gar nicht, sondern zog sich Arbeitshandschuhe an und schloss die Fahrertür des Transporters auf. »Frans!«, rief Marie. »Stehen bleiben. Wir wissen Bescheid!«

Fun Fact

16 Millionen Menschen besuchen Amsterdam jedes Jahr. Die Stadt hat 800.000 Einwohner.

»Was weißt du? Gar nichts wisst ihr! Und jetzt haut ab, ich muss hier ausparken!«
Kim schluckte. Das war nicht mehr der nette und lustige Frans, der ihnen Sightseeing-Tipps gegeben hatte.
»Frans«, sagte sie mit kräftiger Stimme. »Wir wissen vom Hafenamt, dass sich 15 Fahrräder in diesem Transporter befinden. Und in diesen Fahrrädern befinden sich die gestohlenen Skizzen von Christiaan van Haarlem. Es ist aus!« Frans lachte und stieg in den Transporter. Ein anderer Mann kam aus dem Hinterhof und öffnete die Beifahrertür des Kleinlasters.
»Der Sicherheitsmann aus dem Museum! Sein Komplize!«, rief Franzi. Der würdigte sie keines Blickes, sondern stieg in den Wagen. Frans ließ den Motor aufheulen und bretterte im Rückwärtsgang los, sodass die Mädchen zur Seite springen mussten. Dann fuhr er mit quietschenden Reifen vorwärts auf die Straße.
»Wir müssen hinterher!«, sagte Marie außer Atem. »Wir müssen sie aufhalten!«
»Wir stellen uns ihnen in den Weg!«, nickte Franzi. Lies hielt sie am Arm fest. Sie ließ eine Kaugummiblase platzen und sagte ruhig: »Lasst sie fahren. Die kommen nicht weit.«

Kim schaute nach vorn und sah, dass Lies recht hatte. Heute war Samstag. Die Stadt war voll mit Touristen und gerade auch die Prinsengracht mit ihren pittoresken Grachtenhäusern war gut besucht.
»Wir holen uns Fahrräder aus seinem Laden«, knurrte Marie. »Wir lassen sie nicht entkommen!«
Marie, Kim, Franzi und Lies rannten in den Hinterhof. Die Tür zum Laden stand offen, und sie holten sich vier Räder und Helme heraus. Kim setzte sich einen Fahrradhelm auf und machte die Schnalle unter ihrem Kinn fest.
»Die schnappen wir uns«, sagte sie entschlossen.

Kapitel 12

»Auf die Freundschaft!«

HENK

Sprung über die Gracht

»Da sind sie«, rief Marie. Am Ende der Straße kurz vor der Brücke steckte der Kleinlaster fest und konnte wegen der vielen Fußgänger und Radfahrer nicht abbiegen. Mit lautem Fahrradklingeln und Rufen bahnten sich die vier Mädchen einen Weg durch die Menge.

»Sie fahren weiter!«, ließ Franzi die anderen hinter sich wissen. Der Laster bog unter lautem Hupen und mit blinkendem Warnlicht ab.

»Schneller!«, rief Marie. Doch eine Reisegruppe schnitt ihnen den Weg ab. Sie mussten stehen bleiben.

Endlich war die Reisegruppe vorübergezogen und sie konnten weiterfahren.

»Los, die können noch nicht weit sein«, beruhigte Lies die Detektivinnen. Kim trat entschlossen in die Pedale. Da unten waren sie. Wieder steckte der Lastwagen im Verkehr fest.

Da ertönten plötzlich Polizeisirenen. Kim lauschte. Das klang nicht nach einem Polizeiwagen, sondern nach mehreren! Nun waren sie dicht an den Lastwagen herangekommen. Auch die Polizeisirenen kamen immer näher. Da öffneten sich die Türen des Lasters und Frans und sein Komplize sprangen heraus! Sie blickten sich hektisch um, dann rannten sie los.

»Hinterher!«, rief Franzi. Je näher sie der Innenstadt kamen, desto voller wurden die engen Gassen.

»Wir verlieren sie«, japste Kim. Franzi sprang von ihrem Fahrrad.

»Zu Fuß sind wir schneller.« Auch die anderen drei sprangen von ihren Rädern, ließen sie liegen und achteten nicht auf die Rufe der Fußgänger.

»Los, kesselt sie ein!«, rief Franzi. Frans und sein Komplize hatten bemerkt, dass sie nun zu Fuß verfolgt wurden und dass die Mädchen ziemlich schnell waren. Immer wieder blickten sie sich um und suchten hektisch nach einem Ausweg. Franzi war ihnen dicht auf den Fersen. Die beiden Männer versuchten einen Haken zu schlagen und über eine schmale, aber volle Brücke zu fliehen.

Doch Lies hatte sie unbemerkt überholt und versperrte ihnen mit ausgebreiteten Armen den Weg.

Der Museumswachmann wollte sie beiseiteschubsen, doch Frans zog ihn am Arm zurück. In diesem Moment fuhr ein Grachtenboot unter der Brücke hindurch. Frans rannte, mit seinem Komplizen im Schlepptau, und sprang auf das Boot! Die Passagiere schrien erschrocken auf. Die Männer strauchelten kurz. Franzi hatte das Ganze beobachtet. Kim sah ein Lächeln über ihr Gesicht huschen.

»Franzi, nicht!«, rief Kim. Aber Franzi nahm bereits Anlauf und sprang Frans und dem anderen Mann hinterher. Ihnen blieb nichts anderes übrig, als auf die andere Seite zu springen. Inzwischen hatten sich an der Gracht Menschentrauben gebildet, die das Geschehen gebannt verfolgten. Als die beiden Männer nun auf der anderen Uferseite standen und sich sammelten, traten die dort stehenden Menschen auseinander und mehrere Polizisten marschierten schnurstracks auf die beiden zu.

Kim schlug die Hände vor den Mund. Franzi hatte Frans und seinen Komplizen in die Ecke gedrängt! Sie konnten nicht mehr fliehen. Das hatten auch die beiden Männer bemerkt und wehrten sich nicht gegen die Handschellen, die die Polizisten ihnen anlegten. Kim schaute zur Seite, wo Marie stand. Die grinste breit.

»Yeah, Franzi!«, jubelten die beiden. Franzi drehte sich um und machte das Peace-Zeichen. Dann blickte sie sich um, rief den Passagieren des Grachtenbootes, die das Geschehen mit offenen Mündern verfolgten, ein »Sorry!« zu und sprang vom Boot auf das andere Ufer. Dort nahm Lies sie in Empfang. Kim und Marie liefen über die Brücke zu ihren Freundinnen.

»Franzi, das war so krass!«, rief Kim. Sie spürte Tränen in sich aufsteigen und umarmte Franzi ganz fest.

»Da sind ja meine Hilfsdetektivinnen«, hörten sie eine Stimme hinter sich. Da stand Henk, der die Mädchen anstrahlte. Hinter ihm wurden Frans und sein Komplize von vier Polizisten in Handschellen abgeführt.

»Was machst du denn hier?«, rief Marie erstaunt. »Und woher wusste die Polizei von allem?«

Henk stieß Lies lächelnd an. »Ich habe Henk angerufen, als ihr euch die Fahrräder von Frans für die Verfolgungsjagd geholt habt.«

»Tja, und ich habe dann natürlich gleich meine ehemaligen Kollegen verständigt«, erklärte Henk.

»Lies, für dich müssten wir eigentlich ein viertes Ausrufezeichen auf unsere Visitenkarten drucken lassen!«, lachte Kim. Ein Polizist kam zu Henk, um mit ihm zu sprechen. Henk nickte und wandte sich wieder an die Mädchen.

»Ich habe Hetty schon angerufen, damit sie Griet und Agnes Bescheid sagt, dass ihr etwas später nach Hause kommt. Wir bringen euch jetzt zum Revier, dort müsst ihr eine Aussage machen.«

»Wow, ist das schön!«, rief Kim aus, als sie am Abend bei Henks Hausboot ankamen. Lichterketten mit bunten Glühbirnen, Wimpel und Lampions schmückten das Boot. An Deck stand eine lange Tafel, die festlich mit einer weißen Tischdecke, Kerzen und Blumen gedeckt war. Es duftete nach Grill und Kim war sich sicher, dass sie auch Kuchen erschnupperte.

»*Welkom!*«, rief Henk mit ausgebreiteten Armen. Er reichte Lies, Griet, Agnes, Kim, Franzi und Marie jeweils galant die Hand, um ihnen beim Sprung aufs Hausboot zu helfen.

»*Goedenavond allemaal!*«, ertönte es hinter ihnen. Hetty und Joost kamen Händchen haltend die Prinsengracht entlangspaziert. Marie stupste Kim und Franzi an.

»Ist das nicht süß?«, seufzte sie. Henk half auch den beiden auf sein Hausboot.

Dann verteilte er Gläser mit Limo an seine Gäste.

»Ihr Lieben«, begann er. »Manchmal braucht es nicht viel, um aus Fremden Freunde zu machen. Ein gemeinsames Fußballspiel oder ein gemeinsames Abenteuer. Manchmal dauert es länger, aber dafür ist es dann genau das Richtige. Das möchte ich heute Abend mit euch feiern. Es ist zwar ein Abschiedsfest, aber lasst uns zusammen feiern. Ich bin traurig, euch heute zu verabschieden. Aber ich bin glücklich, euch zu sagen: Auf Wiedersehen, meine Freunde!« Er hob sein Glas und fügte hinzu: »Auf die Freundschaft!« Griet, Hetty, Agnes und Joost applaudierten.
»*Hé, wat leuk, Henk!*«, rief Hetty gerührt. Kim hatte einen Kloß im Hals. Sie schaute zu Marie und Franzi und auch in deren Augen glitzerten Tränen. Henk band sich eine Schürze um und bat seine Gäste zu Tisch. Kim hatte richtig gerochen. Zuerst gab es ein Barbecue und danach einen fantastischen Himbeer-Schoko-Kuchen.

Kim kratzte den letzten Rest Schokolade von ihrem Teller, schleckte die Gabel ab und ließ sich stöhnend in ihren Stuhl sinken.
»Ich kann nicht mehr«, sagte sie und streichelte ihren Bauch. »Kim, ich hatte gehofft, dir noch ein

zweites Stück Kuchen anbieten zu können!«, sagte Henk enttäuscht.

Marie hielt ihm ihren Teller hin und sagte: »Ich würde noch ein Stück nehmen!« Henk freute sich und schaufelte Marie ein extra breites Stück Kuchen auf den Teller.

»Gefällt es euch denn?«, fragte er Kim, Franzi und Marie. Die nickten begeistert.

»Es ist richtig schön *gezellig*!«, sagte Kim.

Henk lachte laut auf. Kim schämte sich. Hatte sie etwas Falsches gesagt? Sie war sich sicher, dass sie das Wort schon öfter von Lies, Griet und Hetty gehört hatte. Doch Henk klopfte ihr auf die Schulter.

»Kim«, sagte er, »du hast das wichtigste Wort unserer Sprache gelernt! Das macht mich froh!« Er ging hinüber zu Hetty, Griet und Joost und wenige Augenblicke später lachten auch sie. Kim schüttelte den Kopf.

»Henk hat das jetzt aber schon erst gemeint, oder?«, fragte sie zweifelnd. »Klar«, meinte Franzi.

Kims Smartphone piepte. Sie zog es aus der Tasche.

»Huch, eine Sprachnachricht von Kommissar Peters!«

Kim wollte sich das Smartphone ans Ohr halten, aber Marie unterbrach sie dabei. »Spiel die

Fun Fact

Das Wort »gezellig« ist schwer in andere Sprachen zu übersetzen. Es beschreibt ein allgemeines Gefühl des Wohlbefindens. Vor allem Situationen, in denen mehrere Menschen beisammen sind, eine gute Zeit miteinander haben und sich ganz ungezwungen wohlfühlen sind »gezellig«.

Nachricht laut ab, wir wollen mithören.« Kim tippte aufs Display.

»Kim Jülich, ich habe es gerade in den Nachrichten gesehen. Und in der Zeitung gelesen. Es ist überall. Könnt ihr nicht einfach mal Urlaub machen? Sightseeing, entspannen, shoppen? Wie andere Leute? Also wirklich, hat Maries Oma nicht auf euch aufgepasst? Ich habe es Helmut Grevenbroich mehrfach gesagt, und auch euren Eltern, Kim und Franzi, …«

Kim ließ das Handy sinken. Daraus war noch immer die wütende Stimme des Kommissars zu hören. »Typisch Kommissar Peters«, seufzte Marie und verdrehte die Augen. Noch ein »Pling« ertönte aus Kims Smartphone.

»Seht mal«, sagte Kim. Sie hielt ihren Freundinnen das Handydisplay hin. »Das hat der Kommissar auch noch geschickt.« Es war ein abfotografierter Zeitungsartikel mit Foto von ihnen vor dem Polizeihauptrevier von Amsterdam. Lies, Kim, Franzi und Marie grinsten glücklich in die Kamera. Darüber die Überschrift: *Junge Detektivinnen klären spektakulären Kunstraub in Amsterdam auf. Zwei Männer verhaftet.*

Kims Handy piepste erneut. »Was denn noch?«, fragte sie genervt. »Ah, noch eine Sprachnachricht vom Kommissar.«

Sie klickte auf *Abspielen*. »Und Kim, noch was: Ich bin wahnsinnig stolz auf euch!«

Geheimes Tagebuch von Kim Jülich
~~Samstag~~
Sonntag 1:22 Uhr
Finger weg, sonst ... Ben und Lukas, lasst es bitte einfach, ja? Es ist viel zu spät für ausgeklügelte

Drohungen. Außerdem könnt ihr ruhig wissen, was für eine tolle Zeit ich in Amsterdam hatte!
Ich liege im Bett und spüre immer noch das sanfte Wogen des Hausboots unter meinen Füßen. Wie nett von Henk, eine Abschiedsparty für uns zu geben! Der ganze Abend und die ganze Zeit in Amsterdam war wunderschön. Wie sich die Lichterketten des Hausboots und die Lichter aller anderen Boote im Wasser der Gracht gespiegelt haben! Wie wir getanzt haben (Hetty und Joost Händchen haltend), als Henk holländische Schlager auf dem Akkordeon gespielt hat! Wie Marie, Franzi und ich (und Lies natürlich!) diesen unglaublichen Fall gelöst haben! Wie Franzi auf das Grachtenboot gesprungen ist! Und wie Oma Agnes geguckt hat, als Henk uns mit einem Polizisten mit Blaulicht zur Pension zurückgefahren hat! Ich hoffe, dass alles hat sich für immer und immer auf meiner Festplatte eingebrannt.
Amsterdam, ik hou van jou!

Detektivtagebuch von Kim Jülich
Sonntag, 1:42 Uhr
Henk hat uns eben, bevor wir gegangen sind, noch mit den neuesten Infos aus dem Polizeirevier versorgt: Die Polizei hat im Rahmen der Fahrräder die Skizzen

von Christiaan van Haarlem gefunden. Jedes der kostbaren Papiere war in einer schmalen Papprolle zum Schutz eingerollt. Sie sollten im Hafen in einen Container verladen werden und dieser sollte mit einem Schiff nach Boston in die USA transportiert werden. Frans und sein Komplize Bast haben gestanden. Bast hat sich vor zwei Jahren in allen Museen der Stadt beworben, um die Möglichkeit zu haben, eines mit Frans auszurauben! Sie haben sogar zugegeben, dass sie sich bei ihrer Tat an dem spektakulären Kunstraub von vor 25 Jahren orientiert haben! Sie dachten, mit ihrer Idee, die Skizzen in den Fahrrädern zu verschiffen, würde ihnen niemand auf die Schliche kommen. Die beiden hatten genug von der Arbeit und ihren ganzen legalen und halblegalen Geschäften, stattdessen wollten sie auf den Niederländischen Antillen – das ist eine Inselgruppe in der Karibik – noch mal neu anfangen. Und dazu brauchten sie natürlich Geld. Meiner Meinung nach hätten sie ihre kriminelle Energie lieber in ihre Arbeit stecken und ein paar Jahre sparen sollen, dann hätten sie auch ein neues Leben anfangen können ...

Na ja, die beiden werden jetzt wohl erst mal Urlaub hinter schwedischen Gardinen machen müssen. Wir wurden jedenfalls vom Polizeipräsidenten persönlich empfangen und mussten dann auch eine Aussage auf dem Revier machen. Das war aufregend! Aber es war nicht so wie im Film, dass man in einen dunklen Raum mit einer verspiegelten Wand geführt wird. Das war ganz normal in den Büros der ermittelnden Beamten. Trotzdem total aufregend. Die drei !!! waren mal wieder zur richtigen Zeit am richtigen Ort. Morgen machen wir dann wirklich Urlaub. Im Zug schlafend auf der Rückfahrt nach Hause ...

Leseprobe

160 Seiten, €/D 10,– Preisänderungen vorbehalten

ISBN 978-3-440-17146-2

Eine herrliche Party in Venedig! Doch dann der Schock für Marie: Der Verlobungsring ihrer Mutter ist weg! Die Suche nach dem Dieb führt die drei !!! immer tiefer in die verwinkelten Gassen und Kanäle Venedigs ... ...

Lies doch mal rein!

diedreiausrufezeichen.de

Kapitel 2

»Diebe! Haltet die Diebe!«

KIM, FRANZI UND MARIE

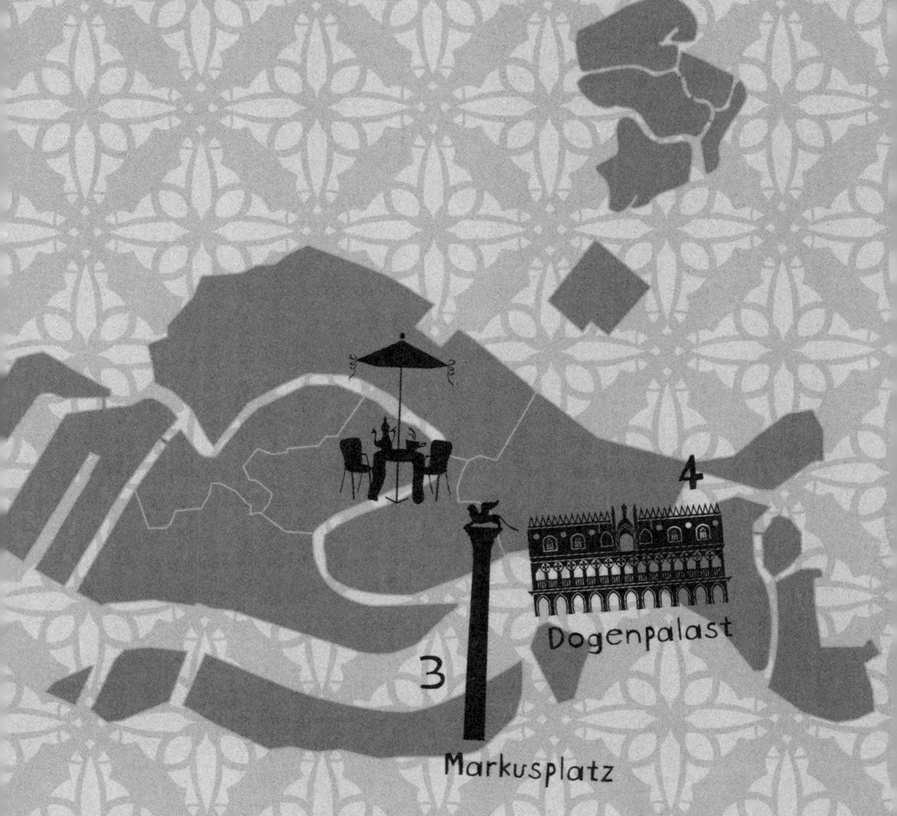

Adel verpflichtet

Die zwei Männer grinsten triumphierend. Erst waren sie unbemerkt immer dichter an die Amerikanerin herangerückt, dann traten sie in Aktion. Einer der beiden, ein pockennarbiger Typ mit Sonnenbrille, rempelte die Touristin absichtlich an und entschuldigte sich wortreich: »*Scusi, signora, I'm so sorry, scusi per favore!*«

»*No problem*«, antwortete die Amerikanerin freundlich. Sie schöpfte immer noch keinen Verdacht.

Da hatten die Langfinger des anderen, glatzköpfigen Mannes bereits den Reißverschluss ihrer Handtasche geöffnet und ihren Geldbeutel halb herausgezogen.

»Stopp!«, rief Kim.

Die drei !!! kreisten die Taschendiebe ein. Franzi schlug dem verblüfften Mann die Geldbörse aus der Hand, Marie fing sie geschickt auf und warf sie Kim zu. Die Detektivinnen schoben die Amerikanerin energisch von den Taschendieben fort.

Die Operation hatte höchstens fünf Sekunden gedauert und die beiden Männer derart überrumpelt, dass sie wie tiefgefrorene Stockfische hilflos stehen blieben.

Jetzt riefen die Detektivinnen aus voller Kehle: »Diebe! Haltet die Diebe!«

Sofort kam Leben in die umstehenden Touristen. »Diebe!« – »*Stop the thieves!*« – »*Ladro!*«

In drei verschiedenen Sprachen prasselten die Vorwürfe auf die Männer ein.

Plötzlich lösten sie sich aus ihrer Starre. Und auf einmal waren ihre Bewegungen blitzschnell. Sie tauchten unter den Köpfen der Menschen ab und verschwanden unter dem Dach des Vaporettos in der Menge der Fahrgäste. Die drei !!! stürmten hinterher, aber sie kamen viel zu langsam vorwärts. Jetzt steuerte das Schiff auf den Markusplatz zu. Die Anlegestelle war noch drei Meter entfernt, da sprangen

3. Markusplatz

Der größte Platz in Venedig ist 175 m lang und 82 m breit. Dort findet man die berühmte Markuskirche, den 98,6 Meter hohen Markusturm und den Dogenpalast. Da der Platz knapp über dem Meeresspiegel liegt, wird er bei Hochwasser immer wieder überflutet.

die zwei Männer ans Ufer und stolperten davon. Kurz darauf wurden sie von den Touristenmassen verschluckt.

»Zu spät!«, stöhnte Marie. »Sie sind entwischt.«

Kim gab der Amerikanerin ihre Geldbörse zurück. Die bedankte sich überschwänglich: »*Thank you! Thank you very much!*«

Die Fahrgäste klatschten begeistert.

»Ich hab euch beobachtet«, sagte Tante Florentine. »Das habt ihr super gemacht. Ihr seid wirklich mutig. Und ärgert euch nicht, dass die Taschendiebe entkommen sind. Diese Typen kennen Venedig wie ihre Westentasche und sind unglaublich geschickt und schnell.«

»Das haben wir gemerkt.« Kim seufzte. Die Chance war winzig klein, aber vielleicht liefen ihnen die Verbrecher ja in den nächsten Tagen zufällig noch einmal über den Weg. Dann würde man sehen, wer schneller war: zwei miese Taschendiebe oder die drei !!! mit ihrer ausgefeilten Verfolgungstaktik!

Durch den aufregenden Zwischenfall bekamen Kim, Franzi und Marie kaum etwas vom Markusplatz, dem Dogenpalast und dem schlanken Turm des Campanile mit. Das Vaporetto ließ die Hauptsehenswürdigkeiten hinter sich und steuerte jetzt

das Stadtviertel Dorsoduro an. Nach ein paar Stationen stiegen sie aus.
Tante Florentine führte sie über zwei kleine Brücken zu einem ruhigen Platz und blieb schließlich vor einem dreistöckigen, rostroten Palazzo stehen, der auf schlanken Säulen ruhte. »Das ist unser Haus. Schlicht, aber sehr gemütlich!«
Als sie den Palazzo betraten, stellte sich schnell heraus, dass Tante Florentine maßlos untertrieben hatte. Die Räume waren riesig. Goldschimmernde

4.
Dogenpalast
Über 900 Jahre war er die Residenz der Dogen, der Oberhäupter der Republik Venedig. Hier fanden Ratsversammlungen, Staatsbesuche und Feste statt. Seit 1923 befindet sich in dem prunkvollen Gebäude ein Museum.

Tapeten wechselten sich mit wertvollen Wandteppichen ab. Die Decken waren aus Holz und die Möbel liebevoll ausgewählte Antiquitäten, vermutlich aus Familienbesitz.

Die drei !!! ließen sich herumführen. Bei näherer Betrachtung stellte sich dann zwar heraus, dass der Verputz hier und da bröckelte und die Bäder renovierungsbedürftig waren, aber das machte den Palazzo sogar noch liebenswerter.

Die größte Überraschung kam aber, als Tante Florentine eine Zwischentür zum hinteren Teil des Hauses öffnete. Plötzlich standen sie in einer Großküche. Geklapper von Töpfen und Pfannen, zischendes Frittierfett und die Stimmen der Köche bildeten zusammen eine ohrenbetäubende Lärmkulisse.

»Michele!«, rief Tante Florentine und flog dem Koch mit der größten Mütze in die Arme.

Der füllige Venezianer mit den zurückgekämmten, schwarzen Haaren stellte sofort seine Pfanne zur Seite. »Florentine, *cara mia*, da bist du ja, mein Schatz! Und wen hast du da mitgebracht? Drei wunderhübsche Mädchen! *Buongiorno*, ihr Lieben, herzlich willkommen, ich bin Onkel Michele!«

»Schön, dich kennenzulernen! Ich wusste gar nicht, dass du ein Restaurant hast«, sagte Marie.

Onkel Michele machte eine abwehrende Handbewegung. »*No, no!* Kein Restaurant, nur eine kleine, bescheidene Cateringfirma. Wir liefern Cicchetti an unsere Kunden.«

»Cicchetti sind venezianische Häppchen«, erklärte Tante Florentine. »Sie sind hier sehr beliebt.«

»Wollt ihr mal probieren?« Onkel Michele hielt ihnen ein Tablett mit Fleischklößchen, Auberginen, Babytomaten und winzigen, frittierten Fischen hin. Die leckeren Häppchen waren auf Zahnstocher aufgespießt.

Kim lief sofort das Wasser im Mund zusammen. »Danke!« Die Fische waren noch warm und herrlich knusprig. Auch Franzi und Marie griffen gerne zu.

»Wir wollen dich nicht länger stören«, sagte Tante Florentine. »Ich weiß, ihr habt heute alle Hände voll zu tun.«

Onkel Michele schüttelte entrüstet den Kopf. »Ihr stört überhaupt nicht.« Zum Beweis drehte er sich vom Herd weg und legte liebevoll den Arm um seine Frau.

Marie freute sich für ihre Tante. Sie hatte sie noch nie so glücklich erlebt.

Mitten in die romantische Stimmung platzte ein Junge, der aussah, als ob er gerade vom Golfplatz käme. Er trug ein weißes Poloshirt, eine dunkelblaue Stoffhose mit Bügelfalten und weiße Sneakers. Kim prägte sich sofort seine Personenbeschreibung ein. Der Junge war etwa 17 Jahre alt, circa 1,90 Meter groß, sehr schlank und hatte dunkelblonde Haare, die in weichen Wellen sein ovales Gesicht einrahmten. Er war sehr attraktiv, was ihm leider selbst auch schon aufgefallen war.

»*Michele, uno momento per favore!*«, sagte er und gab anschließend einen Schwall italienischer Worte von sich. Die drei !!! verstanden nur noch Bahnhof.

»*Molto bene, grazie!*« Onkel Michele strahlte. Dann wandte er sich an die Detektivinnen. »Entschuldigt bitte, das ist Alessandro. Und das ist Marie, Florentines Nichte, mit ihren Freundinnen Kim und Franzi. Alessandros Mutter ist so lieb und spendiert uns die Partydekoration. Unsere Familien sind seit vielen Jahren befreundet.«

»Unsere *adligen* Familien«, fügte Alessandro mit näselnder Stimme hinzu. »Guten Tag! Es freut mich, euch kennenzulernen.« Er sprach akzentfrei Deutsch und taxierte die drei !!! mit hochgezogenen Augenbrauen. Sein Urteil fiel offenbar nicht gerade positiv aus. Franzi und Kim in ihren bequemen Jeans sah er kaum an. Nur Marie schenkte er gnädige Beachtung.